KB127728

우주에는 너희 철학이 몽상하는 것보다 더 많은 것이 있다네.

-윌리엄 셰익스피어

우주를 만지다

삶이 물리학을 만나는 순간들

우주를 만지다

권재술 지음

특별한서재

❙ 추천사 ❙

평생을 물리 교육에 투신하신 노학자의 아름다운 물리 에세이이자 첫 시집. 물리를 공부하면 이렇게 작가가 되고 시인이 되는 모양이다.

김상욱(경희대학교 물리학과 교수)

우주가 궁금했다. '지구'는, '나'는 어디에서 출발한 것일까 알고 싶었다. 그 궁금증을 친절하게 명쾌하게 심지어 아름답게 들려주는 물리학 에세이라니. 이 책을 읽는 순간 사물에서 나오는 빛의 원리를 가늠해 보게 된다. 거기다가 읽을수록 재미까지. 내가 똑똑해지고 있는 걸까? 우주 속의 유일한 존재로 기껍다가도 한없이 겸손해진 나를 발견하는 말들이 장마다 펼쳐진다.

김선영(『시간을 파는 상점』 소설가)

권재술은 사물의 이치를 밝혀가는 물리物理학자이지만, 시적 발상과 유려한 문장으로 세상의 문양을 담아가는 문리文理 탐구자로서의 모습도 아름답게 보여준다. 그는 우리의 마음이 곧 우주가 되고 광활한 별과 은하가 지상으로 내려와 다시 우리의 마음으로 바뀌는 신비로운 교감의 과정을 관찰하고 증언한다. 그렇게 권재술은 낭만적 유목의 마음과 자연과학자의 엄정한 시선을 결속하여 우주가 가지는 스스로自 그러한然 질서를 우리에게 선명하게 전해준다. 우리가 신비롭게 여기는 빅뱅의 순간과 블랙홀의 심연을 정성스럽게 어루만진다.

이처럼 권재술의 과학 에세이에는 천체의 신비와 그것을 감싸고 있는 아득한 시간, 그리고 그러한 시공간이 뿌리는 빛의 순간들이 출렁이고 있다. 우주가 품은 불멸의 비밀과 우리의 마음이 숨겨놓은 신비의 차원을 탐사하면서, 친절하고도 명쾌한 문장으로 광활한 우주의 섬세한 길잡이가 되어준다. 갈피마다 산뜻하게 등장하는 서정적 감성의 시편들도 우리를 은은한 신비로움으로 인도하는 데 제격의 역할을 하고 있다. 이 또한 삶이 우주를 만나는 감동과 경이로움의 순간이 아니겠는가.

유성호(문학평론가, 한양대학교 국문과 교수)

세밀한 관찰과 질문, 아름다운 사색이 돋보이는 과학 에세이다. 장난감 진흙을 갖고 노는 천진한 아이처럼 저자는 우주를 몸과 맘으로 어루만지며 논다. 우주 속의 인간, 인간 속의 우주를 동시에 탐색한다. 과학자로서의 정확한 논리와 설득, 시인으로서의 감성적 상상과 직관이 나의 눈과 마음을 매혹시킨다.

이 책은 과학과 예술, 천문과 인문, 천상과 지상을 오가는 신비로운 그네다. 자연과 우주는 인간의 영원한 고향, 이 책을 읽는 동안 독자들은 무수한 비밀을 품은 우주 전체가 가슴 깊이 강물처럼 스며드는 감동과 전율을 체험할 것이다.

함기석(『오렌지 기하학』 시인, 동화작가)

머리말

천동설을 믿던 중세 사람들이 보던 세상과 현대 과학자들이 보는 세상은 엄청나게 다르다. 하지만 일반인들이 보는 세상은 그 시절이나 지금이나 큰 차이가 없다. 더구나 과학자들이 미시세계(원자)와 거시세계(우주)를 알아가면서 느끼는 그 놀라움과 감동이 일반인에게는 전혀 전달되고 있지 않다. 자연에서 나서 자연으로 돌아가는 사람들이 그들의 고향인 자연에 대해서 이렇게까지 무지하다는 것은 안타까운 일이 아닐 수 없다.

우리가 사물을 본다는 것은 매우 복잡한 정신작용의 결과이다. 사실 눈은 단지 보는 도구일 뿐, 정말로 보는 것은 우리의 마음이다. 시력이 좋다고 잘 보는 것은 아니다. 아는 만큼 보인다. 조금 알면 조금 보이고 많이 알면 많이 보인다. 더 많이 알면 더 많이 보인다.

과학자는 눈에 보이는 것만을 보는 사람들이 아니다. 현미경이나 망원경으로 보이는 것만 보는 것도 아니다. 데모크리토스는 현미경으로도 볼 수 없는 원자를 그 옛날 보았다. 과학자는 보이는 것으로부터 보이지 않는 것을 보는 사람들이다. 그들은 원자를 보고, 소립자를 보고, 별을 보고, 은하를 보고, 우주를 본다. 138억 년 아득한 과거 우주가 탄생하는 빅뱅의 순간을 보고, 아득한 우주의 미래를 보고, 빛조차 갈 수 없는 블랙홀의 속을 들여다본다.

우리가 과학자들만큼 볼 수는 없겠지만, 그리고 그들이 경험한 감동을 그대로 체험할 수는 없겠지만, 이 책을 통해 그들이 무엇을 보고 느끼는지, 그들의 감동이 어떤 것인지, 그 일부만이라도 같이 느껴볼 수 있으면 좋겠다.

우주의 모습, 원자나 소립자의 모습은 아무도 본 사람이 없다. 우주는 너무 커서 볼 수 없고, 원자는 너무 작아서 볼 수 없다. 아니, 그것은 원래 사람이 눈으로 볼 수 있는 것이 아닌지도 모른다. 그래서 진짜 모습이 어떤 것인지 아무도 모른다. 하지만 아무도 모른다고 해서 그 모습에 대해 아무것도 모른다는 것은 아니다. 지금의 과학자들은 갈릴레이나 케플러가 본 우주보다 더 큰 우주, 데모크리토스가 상상했던 원자보다 더 작은 원자를 보고 있다.

나는 자연에 대해서, 우주에 대해서 현대 과학자들이 본 세상과 그들이 느낀 감동을 일반인들이 좀 더 보고 느꼈으면 한다.

아득히 멀게만 보이던 우주가 독자들에게 더 친근하고 더 감동적으로 다가오기를 바라 마지않는다. 다만 우주를 만지고 우주와 놀면서 여러분의 인생이 더 풍요롭고 더 즐거워졌으면 한다.

세상 어디라도

우주 아닌 곳이 없건만

사람들은

우주는 저 아득히 먼

허공에 있다고 하네

멀리만 있는 우주

고무줄 당기듯 당겨서

만질 듯 닿는 곳으로 가져와

어른 아이 다 같이

우주를 듣고

우주를 보고

우주를 만지고

우주와 춤을 추자

차례

2장 원자들의 춤

3장
신의 주사위 놀이

4장 시간여행

부록

우리가 우주 안에 있듯, 우리 안에 우주가 있다.
-맥스 테그마크

1장

별 하나 나 하나

별 하나 나 하나

굳이 고흐의 「별이 빛나는 밤」을 말하지 않아도 저 하늘의 별은 사람들에게 아련한 고향의 추억 같은 존재다. 시인에게는 시상이고 연인에게는 사랑이고, 외로운 이에게는 동무가 되어주기도 한다. 그리고 철학자에게는 우주와 인간을 연결해 주는 사색의 다리가 된다. 아무리 악한 인간도 별을 보고 있는 동안만은 조금은 경건해지리라. 밤이란 모든 것을 사라지게 하고 우주에 혼자 남는 고독을 가져다준다. 칠흑 같은 어둠 속에서, 내일 당장 무슨 일이 생길지 모르는 고독한 존재에게 저 멀리서 빛나는 별은 얼마나 큰 위안이 되었겠는가?

지금은 도시의 불빛과 번잡한 세상사에 가려서 별은 멀리 가버렸지만, 그 옛날 인류의 역사가 시작되던 시절, 별은 우리 곁에 가까이 있었다. 별은 고독한 인간의 희망이자 운명이고 이정표였을 것이다. 인류의 문명은 별을 보면서 시작되었다고 해도 과언이 아니다. 과학도 별을 보면서 시작되었다. 어디 과학뿐이랴. 어쩌면 모든 철학도 별을 보면서 생겼고, 종교도 별을 보면서 시작되었는지 모른다. 이렇듯 별은 저 멀리서 빛나고 있기만 한 것이 아니라 인간의 생사화복生死禍福과 연결되어 있었다.

인간의 마음을 사로잡는 저 하늘의 무수한 별은 사실 태양과 같은 불덩어리다. 너무 멀리 있어서 작게 보일 뿐이다. 옛날 사람들은 밤하늘의 은하수를 우주에 있는 구름이라고 생각했으나 망원경이 생기면서, 그리고 별까지의 거리를 측정하는 기술이 발전하면서, 그것이 무수한 별들의 집단이라는 것을 알게 되었다. 그렇다. 별은 멀리 있는 태양이다. 그 태양들이 모여서 은하수가 된 것이다.

지구에서 가장 가까운 별인 프록시마 센타우리Proxima Centauri는 약 4광년 떨어져 있다. 1광년이란 빛이 1년 동안 가야 하는 거리다. 빛은 1초에 지구 7바퀴 반이나 되는 거리를 갈 수 있고, 1억 5,000만 킬로미터 떨어져 있는 태양까지도 8분이면 갈 수 있다. 그런데 그런 빛으로 한 시간도 아니고, 하루도 아니고, 한 달도 아니고, 1년도 아니고 4년을 가야 한다니. 얼마나 멀리 있는가? 그래도 이것이 가장 가까운 별이고 대부분은 이보다 어마어마하게 더 멀리 있다.

밤하늘에 보이는 무수한 별들은 대부분 은하수 은하Milky Way Galaxy라고 하는 우리 은하에 속해 있다. 이 은하는 지름이 약 10만 광년이나 되고 그 안에 별이 약 1,000억 개가 있다. 우리가 별을 보는 것은 별에서 나온 빛이 우리 눈에 들어오기 때문인데, 어떤 별빛은 10년, 어떤 별빛은 1만 년, 어떤 것은 10만 년 전에 출발한 것이다. 10만 년 전의 별? 10만 년 전이라면 인류는 짐승들에게 잡아먹히지 않기 위해 전전긍긍하던 구석기 시절이다. 그때 출발한 빛을 지금 보고 있는 것이다. 우리는 지금 10만 년 전의 별을 보고 있는 셈이다. 어쩌면 지금은 사라지고 없는 별을 보고 있는지 모른다.

그런데 밤하늘의 별이 모두 이 은하수 은하에만 있는 것은 아니다. 별까지 거리를 측정하는 기술이 발달하면서 우주에는 우리 은하만 있는 것이 아니라 더 멀리 다른 은하가 있다는 것을 알게 되었다. 망원경에 찍힌 희미한 점 하나를 분석해보았더니 별이 아니고 무수히 많은 별로 이루어진 은하라는 것을 알게 되었다. 희미한 점 하나가 별이 1,000억 개나 있는 거대한 은하라니! 그것을 발견한 놀라움이 어떠했을까? 지금 과학자들은 우리 은하에 별이 약 1,000억 개 있고, 이러한 은하도 우주에 약 1,000억 개 있을 것으로 추정하고 있다.

여러분은 상상이 가는가? 하늘 저 멀리 아득히 수억 광년, 아니 수백억 광년에 걸쳐 있는 별들을 상상해보라. 우주는 얼마나 광활한가? 여러분은 우주가 어마어마하게 크다고만 생각할 것이다. 하지만 이 우주는 여러분이 생각하는 그 어마어마한 것보다 정말 어마어마하게 더 크다는 것을 알아야 한다. 우주여행? 100년도 채 살지 못하는 인간이 감히 몇억 년의 여행을?

그래도 인간은 그 꿈을 꾸고 있다.

천국의 구멍

천국은 저리도 밝은가

작은 구멍들 사이로
쏟아지는 저 빛살들

저 틈새들이 아니었으면
밤하늘은 얼마나 적막했을까

천국의 벽을 뚫고 나온
저 가는 빗줄기 같은 빛줄기가

하늘을 적시고
땅을 적시고

나를 적시고

방랑자들

칼 세이건Carl Edward Sagan은 그의 저서 『창백한 푸른 점Pale Blue Dot』에서 인류를 '방랑자들'이라고 했다. 방랑자, 그들은 누구인가? 어떤 목표를 가지고 찾아다니는 사람들을 탐험가라고 한다면, 방랑자는 아무 목적 없이 그냥 돌아다니는 사람들이 아닐까?

호모 사피엔스가 지구에 나타났을 당시를 상상해보자. 자신이 서 있는 자리 말고는 모두 미지의 세계였을 것이다. 아무것도 모르는 미지의 세계에 대해서 무슨 목적을 가질 수 있었을까? 무슨 일이 벌어질지도 모르는 세상에 진입한다는 것은 크나큰 모험이었을 것이다. 왜 인간은 이러한 모험을 감행하는 것일까? 그것은 호기심 때문일 수도 있고, 생존을 위한 몸부림일 수도 있고, 유전자에 각인된 명령일 수도 있다. 아무튼 인간은 한자리에 머물러 있을 수 있는 존재는 아니다.

인류의 방랑벽은 아프리카에서 출발하여 유라시아 대륙으로 퍼졌고, 아메리카와 호주 그리고 오세아니아의 수많은 섬까지 퍼졌다. 이제 지구 구석구석을 점령한 호모 사피엔스의 방랑벽은 여기서 멈추지 못하고 달로, 화성으로 그리고 저 먼 우주로 가고 있다. 사람들은 인간의 이러한 노력을 탐구심이라고 하지만 탐구심의 더 깊은 저변에는 우리가 알 수 없는 원초적 방랑벽이 있기 때문이 아닐까?

탐험가는 떠나기 전에 미지의 세계에 대한 정보를 수집하고 안전을 점검하고, 안전을 확보할 수 있는 모든 것을 완비해서 출발한다. 하지만 방랑자는 준비하지 않는다. 왜냐하면 무엇을 준비해야 할지 아무것도 모르기 때문이다. 그렇지만 떠나지 않을 수 없는 내면의 명령이 있기에 떠나는 것이다. 탐험가는 자기가 계획한 정보만 얻으면 된다. 물론 부수적인 정보도 얻을 수 있겠지만 목적이 분명하므로 목적에서 벗어난 정보는 무시해 버릴 가능성이 크다. 하지만 방랑자는 아무 목적이 없으므로 정보를 자기의 목적에 따라 선별하지 않고 보이는 대로 받아들이게 된다. 어떤 면에서는 탐험가보다는 방랑자가 더 순수하게 세상을 보는 사람들이다.

방랑자들은 이제 지구를 방랑할 수는 없게 되었다. 이미 우리는 지구에 대해서 너무나 많이 알고 있기 때문이다. 이제 인류가 방랑할 곳은 저 우주다. 아무도 가보지 못한 밤하늘의 저 별을 넘어, 캄캄한 우주 저 너머만이 인류가 방랑할 수 있는 영역이 아닐까?

어느 산악인이 산에 왜 가느냐는 질문에 "산이 거기에 있기에"라고 대답했다. 천문학자들에게 왜 별을 보느냐고 묻는다면, 아마도 "별이 거기에 있기에"라고 대답하지 않을까? 과학자들이 망원경으로 밤하늘의 별을 바라보는 것이 모두 탐구하기 위함은 아니다. 보지 않고는 견딜 수 없는 어떤 충동 때문이기도 하다. 별을 보는 것, 그것은 또 다른 방랑이다.

방랑

눈 위에 찍힌 저 확신들

한 발자국
또 한 발자국

하지만 그 확신들은 사실
얼마나 큰 망설임이었던가

아무것도 보이지 않고
아무도 가보지 않은 곳

망설임이 확신이 되기까지
얼마나 많은 설렘이 있었던가

과거를 보다

과거는 지나간 것이고, 영원히 다시 볼 수 없다. 과거는 돌이킬 수 없는 사건이다. 죽은 사람을 다시 볼 수 없듯이 과거도 마찬가지이다. 하지만 정말 그럴까? 과거는 정말 이 우주에서 아주 사라져 버리는 걸까? 그렇다면 현재는? 현재는 볼 수 있을까? 하늘에 새 한 마리가 날아가고 있다. 그것을 바라보는 우리는 지금 과거를 보고 있는 걸까, 현재를 보고 있는 걸까?

갑돌이가 자신과 1미터 떨어진 거리에 있는 갑순이를 보고 있다고 하자. 갑돌이가 보고 있는 것은 지금의 갑순이가 아니다. 빛이 1초에 30만 킬로미터를 가니, 갑돌이가 지금 보고 있는 것은 10억 분의 3초 전 갑순이 모습이다. 갑돌이가 듣는 갑순이 목소리는 갑순이의 모습보다 더 과거의 것이다. 소리가 1초에 340미터를 가니, 갑순이 목소리는 대략 0.003초 전의 목소리다. 갑돌이가 지금 듣고 있는 "너를 사랑해"라는 말은 갑순이의 지금 생각이 아니다. 0.003초보다 한참(?) 전의 생각이다. 갑순이는 말을 해놓고 곧바로 생각이 바뀌었을지도 모를 일이다. 갑순이의 '지금' 생각을 갑돌이가 알 길은 없다. 갑순이가 사랑하고 있는 것이 지금의 갑돌이라는 것은 착각이다.

10억 분의 3초, 0.003초, 이런 시간은 너무나 짧아서 그냥 현재라고 우겨도 될지 모르겠다. 하지만 우리가 밤하늘의 별을 볼 때는 이야기가 달라진다. 우리가 보는 밤하늘의 달은 지금의 달이 아니다. 1.3초 전의 달이다. 우리가 보는 태양은 8분 전의 태양이다. 태양계의 가장자리라고 하는 오르트 구름대는 1년 전의 모습, 지구에서 가장 가까운 별, 프록시마 센타우리는 4년 전의 모습, 북극성은 400년 전의 모습, 안드로메다 은하는 250만 년 전의 모습이다.

그렇다. 망원경으로 우리가 보는 것은 모두 과거다. 밤하늘의 수많은 별, 어떤 별은 1,000년 전, 어떤 별은 1만 년 전, 어떤 별은 수억 년 전의 별이다. 밤하늘의 별을 본다는 것은 우주의 역사를 보는 것과 마찬가지다. 이쯤 되면 망원경望遠鏡이 아니라 망과경望過鏡이라고 해야 할까?

천문학자들이 과거를 보기 위해 고심하는 것은 우주의 역사를 알기 위함이지만, 그렇다고 해서 그들이 단순히 과거를 아는 것에 머무는 것은 아니다. 역사를 공부하는 것이 과거를 아는 것을 넘어 현재 우리가 어떻게 살아야 하는지, 미래는 어떻게 전개될 것인지에 대한 지혜를 얻기 위함인 것과 같다. 우주의 과거를 탐구하는 것도 과거를 넘어 우주의 미래를 알고자 하는 염원이 있기 때문이다.

하지만 미래는 만들어지지도 않았고, 현재는 눈 깜짝할 사이에 지나가 버린다. 남는 것은 과거뿐이다. 과거는 돌아가서 바꿀 수 있는 것도 아니다. 그러니 과거는 돌처럼 단단하고 별처럼 변하지 않는다. 과거가 없다면 우리의 인생은 얼마나 덧없을까? 존재하지도 않는 미래나 눈 깜짝할 사이에 지나가고 마는 현재가 아니라 영원히 남는 과거가 있다는 것이 얼마나 다행인가? 사랑은 가고 추억은 남는다고 했던가? 현재는 사라지지만 과거는 저 밤하늘의 별처럼 영원히 남는다.

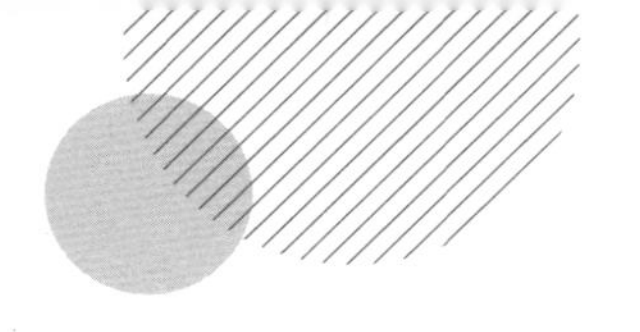

우주에 꽉 찬 과거들

아득히 먼 어느 별에서
광활한 시공을 넘어

여기로 달려오는
저 찬란한 과거들

광년의 공간을 지나
억겁의 시간을 달려

지구에 소식을 전하는
저 끈질긴 과거들

밤의 하늘은 과거들로
찬란하게 반짝이고

낮의 대지는 과거들로
환하게 빛이 나고

별 헤아리기

원리퍼블릭OneRepublic이 부른 「카운팅 스타즈Counting Stars」의 "나는 간절히 기도했지. 돈을 헤아리지 않고 별을 헤아리게 해달라고"라는 가사는 참 매력이 넘친다. 돈과 별을 이렇게 절묘하게 비교하다니!

돈이 땅의 것이라면 별은 하늘의 것이다. 돈이 현실이라면 별은 이상이다. 별은 하늘이자 필멸의 인간이 갖는 불멸의 희망이다. 그래서 인간은 절망 속에서 별을 바라보는 것이 아닐까?

그런데 노래 가사가 아니라, 정말로 하늘에 별이 얼마나 있는지는 어떻게 헤아릴 수 있을까? 인간이 맨눈으로 헤아릴 수 있는 별은 9,000개 정도라고 한다. 이것은 시력이 아주 좋고 아주 맑고 깜깜한 밤하늘이라야 가능하다. 쌍안경을 쓰면 10만 개 정도 관찰할 수 있고, 보통의 망원경으로는 100만 개 정도 볼 수 있다고 한다. 나는 그 100만 개를 누가 정말로 헤아렸다고는 생각하지 않는다.

우리 은하에는 별이 약 1,000억 개에서 1조 개 정도 있고 이런 은하가 우주에는 또 1,000억 개에서 1조 개 정도 있다고 한다. 그렇다면 이 많은 별을 어떻게 헤아렸다는 말인가? 만약 1초에 별 한 개를 헤아린다고 하면 1조 개를 헤아리는 데 걸리는 시간은 간단히 계산해서 약 3만 년이다. 그러니 정말로 별을 헤아린 과학자가 있다면 그것은 분명 사기꾼이다. 그렇다면 그 많은 별이 있다는 것은 어떻게 알아냈을까?

오성과 한음에 대한 많은 일화가 전해져 오고 있다. 그중에서도 이항복의 천재성을 보여주는 유명한 일화가 있다. 오성의 아버지는 집을 나서기 전, 아들이 또 놀기만 할 것을 걱정해 아들에게 쌀 한 가마니를 주며 "내가 돌아오기 전까지 쌀이 몇 톨인지 세어놓아라"라고 했다. 아버지 생각은 이랬을 것이다. 쌀 한 가마의 쌀알을 다 세기 위해서는 하루도 부족할 테니 놀 시간은 없을 것이라고 말이다. 하지만 돌아와 보니 쌀을 세고 있어야 할 아들은 이미 놀러 나가고 집에 없었다. 저녁에 돌아온 아들을 혼내려고 하니, 그 많은 쌀알을 다 세었다고 한다. "어떻게 그 많은 쌀알을 다 셌단 말이냐?" 하고 따졌더니, 이항복이 하는 말, "먼저 쌀 한 홉에 쌀이 몇 톨인지 세고, 한 되가 몇 홉인지 세고, 한 말이 몇 되인지 세고, 그리고 한 가마가 몇 말인가를 셌지요. 다 세는 데 한 시간도 안 걸렸어요!"

과학자들도 이와 같은 방법으로 해변의 모래알 수를 헤아리고, 지구에 있는 모기의 수를 헤아리고, 대기에 있는 공기 분자의 수를 헤아리고, 우주에 있는 원자의 수도 헤아리고, 그 많은 별의 수도 헤아린다.

하지만 우주는 너무나 멀고 넓어서 보이는 별보다 보이지 않는 별이 더 많다. 별을 헤아리는 데는 이항복의 방법도 통하지 않는다. 과학자들은 한 은하에 있는 별의 수를 다른 방법으로 알아낸다. 그것은 바로 은하의 질량을 추정하는 것이다. 지구의 공전公轉 운동으로부터 태양의 질량을 알 수 있듯이 은하의 가장자리에 있는 별의 운동을 관찰하면 은하의 질량을 알 수 있다. 우주에는 수많은 크고 작은 별이 있지만 많은 관찰을 통해서 별들의 평균 질량을 이미 알고 있다. 따라서 은하의 질량을 알면 별이 몇 개나 있는지 알 수 있다.

이런 방법으로 알아낸 우리 은하에 있는 별의 수는 대략 3,000억 개 정도라고 한다. 별것 아닌 것 같다고? 그러면 지금부터 1에서 3,000억까지 최대한 빠른 속도로 헤아려보라. 아마 당신의 고손자의 고손자까지 동원해도 다 헤아리지 못할 것이다. 그리고 이 우주에는 다시 그만 한 수의 은하가 있고, 각 은하에는 또 그만 한 수의 별이 있다고 한다. 그러면 이 우주에는 최소한 1,000,000,000,000,000,000,000개나 되는 별이 있는 셈이 된다.

인간이 무엇이기에 신이 우리에게 이렇게나 어마어마한 선물을, 우리가 감당도 못할 선물을 주었을까? 돈을 헤아리지 말고 별을 헤아리라고 그랬을까?

별 헤는 밤

이 별은 나의 별
저 별은 너의 별

돈을 헤아리지 않고 별을 헤아리는

너와 나는

얼마나 황홀한 세상에서
다시 만날까?

머나먼 별

과학은 자연을 측정하는 것이고 측정을 한다는 것은 결국 길이를 재는 것이다. 시간도 알고 보면 시곗바늘이 돌아가는 정도(거리)를 재는 것이고, 무게를 측정하는 저울도 알고 보면 저울 눈금이 돌아간 길이를 재는 것이다. 박테리아와 같은 미생물을 연구할 때 현미경으로 들여다본다. 그것도 결국은 크기를 재는 것이다. 원자물리학도 알고 보면 원자의 크기를 재는 일이다. 천문학도 별까지 거리를 재는 학문이다. 모든 과학적인 활동은 결국 길이 재기라고 해도 과언이 아니다.

천문학은 별까지 거리를 재는 과정을 통해서 발전해왔다. 천체는 달과 같이 비교적 가까이 있는 것도 있지만 별처럼 아주 먼 것들도 있다. 이런 천체들까지의 거리는 어떻게 측정했을까?

'강나루 건너서 밀밭 길을 구름에 달 가듯 가는 나그네'로 시작하는 박목월의 「나그네」라는 시가 있다. 달밤에 길을 가다 보면 달이 나를 따라오지만 한편으로는 내가 달을 따라가는 듯한 착각이 들기도 한다. 가만히 있는 물체는 내가 가면 모두 내 뒤로 처지는데 왜 달은 아무리 가도 항상 내 머리 위에 있을까?

기차를 타고 차창 밖을 내다보면 가로수는 쌩쌩 지나가는데 먼 산은 천천히 지나간다. 달은 먼 산보다 더 멀리 있다. 그냥 먼 정도가 아니라 까마득히 멀리 있다. 그러니 기차를 타고 달을 보면 달은 먼 산보다 더 천천히 지나갈 것이다. 그 '천천히'가 너무 '천천히'여서 전혀 움직이지 않는 것처럼 보인다. 움직이지도 않으니, 마치 나를 따라오는 것처럼 보이는 것이다.

태양은 달보다 더 멀다. 달까지 거리가 38만 킬로미터이지만 태양까지의 거리는 1억 5,000만 킬로미터이다. 그런데 하늘에 있는 별들은 태양과는 비교도 할 수 없을 정도로 멀리 있다. 이런 먼 거리를 어떻게 측정했을까?

짧은 거리는 자로 재면 된다. 하지만 먼 산의 높이를 잴 때는 자를 사용할 수 없다. 이럴 때 사용하는 방법이 '삼각측정법'이다. 삼각측정법은 기하학적인 원리를 이용한다. 거리에 따라 차창 밖의 풍경이 뒤로 처지는 정도가 다른 원리를 이용하는 것이다. 정지해 있는 물체를 볼 때 서로 다른 두 지점에서 본다면 그 물체가 보이는 방향이 달라진다.

예를 들어 정면에 있는 어떤 물체를 오른쪽으로 100미터 이동한 지점에서 보면 그 물체는 왼쪽으로 이동한 것처럼 보일 것이다. 즉, 보이는 방향이 변한다. 그리고 가까이 있는 물체는 조금만 옆으로 걸어가도 보이는 방향이 많이 변하지만, 물체가 멀리 있으면 별로 변하지 않는다. 이렇게 보이는 각도가 변하는 것을 시차視差라고 한다. 이 시차를 측정하면 물체가 얼마나 멀리 있는지 알 수 있다. 이 원리가 바로 삼각측정법의 원리이다.

가까이 있는 물체의 시차는 쉽게 측정할 수 있지만 멀리 있는 물체의 시차는 측정하기 어렵다. 멀리 있는 물체의 시차를 측정하기 위해서는 측정하는 두 지점 사이의 거리도 멀어야 한다. 몇백 미터 정도 거리라면 관측 지점 사이의 거리가 10미터 정도로도 충분할 것이다. 하지만 몇 킬로미터 거리라면 100미터 정도는 돼야 할 것이다. 달까지는 아마도 수 킬로미터 정도 되어야 할 것이다.

별까지의 거리를 측정하는 데도 삼각측정법을 사용한다. 하지만 별은 너무나 멀리 있으므로 관측 지점 사이의 거리가 수천 킬로미터가 되어도 시차가 거의 생기지 않는다. 지구의 지름이 1만 4,000킬로미터 정도인데 지구의 이쪽 끝과 저쪽 끝을 두 관측 지점으로 삼아도 별의 시차를 측정하기에는 부족하다. 과학자들은 이 문제를 해결하기 위해서 지구의 공전 궤도를 이동한다. 지구는 태양을 중심으로 공전하므로 공전 지름이 약 3억 킬로미터이다. 이 거리를 이용하면 가까운 별까지의 거리는 어느 정도 측정할 수 있다. 하지만 수천, 수만 광년 떨어져 있는 별까지의 거리는 지구 궤도 정도로도 별의 시차가 거의 생기지 않는다. 이런 경우에는 어떻게 해야 할까?

물체가 멀리 있을수록 작게 보이는 것은 당연하다. 그런데 작아지기만 하는 것이 아니라 희미해지기도 한다. 가까이 있는 불빛은 밝은데 멀리 있는 불빛은 희미하다. 하늘에 있는 별을 보면 어떤 별은 밝고 어떤 별은 어둡다. 밝은 별은 원래 더 밝은 별이고 어두운 별은 원래 더 어두운 별일까?

별의 밝기는 그 별이 내는 빛의 세기에도 관계되지만 거리에도 관계된다. 같은 양의 빛을 내는 별이라도 가까이 있으면 밝아 보이고 멀리 있으면 어두워 보인다. 금성이나 수성은 스스로 빛을 내지 못하는 행성임에도 다른 별보다 밝게 보인다. 이것은 금성이나 수성이 다른 별에 비해서 지구와 가깝기 때문이다.

이처럼 별의 밝기는 별까지의 거리와 밀접히 관련되어 있다. 그런데 한 가지 문제가 있다. 모든 별이 원래 같은 양의 빛을 낸다면 밝기만 측정해도 거리를 알 수 있으련만, 사실 별들은 크기와 온도가 천차만별이어서 어두워 보이는 별도 가까이 있을 수 있고, 밝게 보이는 별도 멀리 있을 수 있다. 밝기로 거리를 가늠하기 위해서는 그 별이 원래 얼마나 밝은 별인지 알아야 한다.

별이 내는 빛의 세기는 그 별의 질량과 온도에 관계된다. 물리학자들은 별의 온도와 질량이 그 별이 내는 빛의 세기 사이에 어떤 관계가 있는지를 알고 있다. 그것은 그 별이 내는 빛을 분석해보면 알 수 있는데, 이 방법을 분광법分光法이라고 한다. 별빛을 분광기에 통과시켜 분석해보면 그 별의 온도를 알 수 있고 온도를 알면 그 별의 크기와 질량도 짐작할 수 있다. 이런 방법으로 별이 원래 내는 빛의 세기를 알 수 있다. 이제 각각의 별이 내는 빛의 세기를 알았으니 별의 밝기만 측정하면 별까지의 거리를 알 수 있다. 이런 방법으로 상당히 먼 별의 거리도 알아낸다.

하지만 아주 먼 별은 이런 방법으로도 안 된다. 현대 우주론에 따르면 우주는 팽창하고 있다. 우주가 팽창한다는 사실에서 별까지의 거리를 알아낼 수 있다. 팽창하는 우주에서는 멀리 있는 별일수록 더 빨리 멀어진다. 빛도 파동이기 때문에 빨리 멀어지면 멀어질수록 빛의 파장이 더 길어진다. 이런 현상을 '도플러 효과doppler effect'라고 한다. 도플러 효과에 따르면 먼 별은 빛의 파장이 붉은색 쪽으로 치우친다. 별이 멀어지는 속도와 거리 사이의 관계(허블 상수)를 천문학자 에드윈 허블Edwin Powell Hubble이 밝혀냈고, 이를 통해서 아주 먼 은하까지의 거리도 알아낼 수 있다. 허블의 연구로 먼 은하까지의 거리를 측정할 수 있을 뿐만 아니라, 이로부터 태초에 빅뱅이 있었다는 것과 빅뱅이 있기까지의 시간, 즉 우주의 나이도 알 수 있었다.

이렇게 해서 지금까지 밝혀진 우주의 모습은 참으로 방대하고 놀랍다. 가장 가까운 별까지 4광년, 우리 은하의 지름은 10만 광년, 가장 가까운 안드로메다 은하는 250만 광년, 초대형 블랙홀 M87까지는 5,500만 광년, 추정 가능한 우주의 크기는 920억 광년이다. 이 모든 놀라운 우주의 모습이 바로 거리 재기를 통해서 알게 된 것이다. 별까지의 거리를 재는 것은 단순히 거리를 측정하는 것으로 끝나는 것이 아니라 우주의 모습과 성질, 우주의 과거와 미래까지도 밝히는 일인 것이다.

별까지의 거리 재기가 천문학이라면, 원자들 사이의 거리 재기가 원자물리학이고, 사람과 사람 사이의 거리 재기가 곧 인문학이 아닐까? 세상만사가 길이 재기다.

거리 재기

때르릉 걸려오는 전화 소리
나와의 거리를 재는 소리다

망원경으로 목이 빠지게 쳐다보는 것도
현미경으로 눈이 빠지게 들여다보는 것도

멀거나 가깝거나
크거나 작거나
사랑하거나 미워하거나

별과 별 사이
원자와 원자 사이

어제와 내일 사이
사람과 사람 사이
너와 나 사이

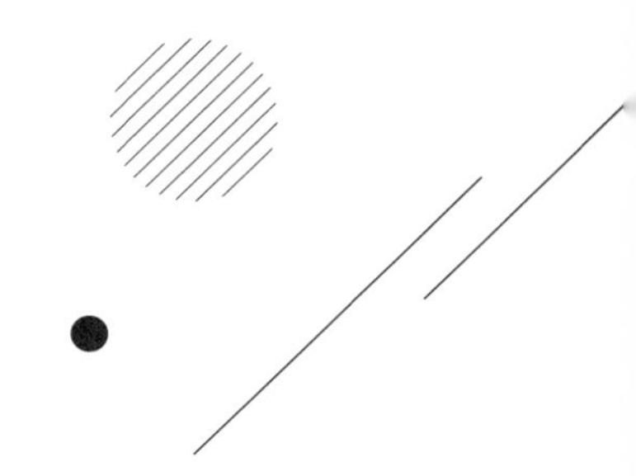

경계는 없다

먼 별에서 지구를 방문하는 우주인을 생각해보자. 태양계에 진입한 그들에게 지구는 아주 작은 점으로 보인다. 점차 가까이 접근하면 지구는 탁구공 크기로 보이고, 좀 가까이 오면 테니스공 크기, 더 가까이 오면 농구공 크기로 보인다. 아직 지구는 완전한 구이고 표면은 아주 매끄러운 면이다. 하늘과 땅은 칼로 자른 듯 경계가 분명하다.

좀 더 가까이 접근하면 구름이 보인다. 구름 사이로 유라시아 대륙, 아프리카 대륙, 아메리카 대륙이 보이고 태평양, 대서양도 보인다. 하지만 아직 지구의 표면은 매끄러운 구면이고 구름이나 대륙과 바다는 구면에 묻은 얼룩 정도로 보인다. 아직 하늘과 땅의 경계는 분명하고 매끈하다.

좀 더 가까이 접근하면 아마존강, 히말라야산맥 등이 보이고 지구의 표면에 약간 굴곡이 보인다. 좀 더 가까이 접근하면 산과 골짜기, 평원과 실개천도 보일 것이다. 바다는 출렁이고 땅은 거칠다. 지구의 표면은 이제 매끈한 구면이 아니다. 하늘과 땅의 경계는 아주 복잡해진다. 우주인이 땅에 발을 딛게 되면 동그랗고 매끈하던 지구의 표면은 사라지고 엄청나게 거칠고 복잡한 구조가 나타날 것이다.

좀 더 땅에 가까이 접근해보면 어떨까? 돋보기로 땅을 들여다보면 이상한 것들이 곰실곰실 기어 다니는 것을 볼 수 있을 것이다. 현미경이라는 첨단 장비로 들여다보면 어떨까? 땅은 더 이상 땅이 아니다. 하늘과 땅의 경계는 사라지고 만다. 땅은 땅이 아니고 하늘은 하늘이 아니다. 땅속에 하늘이 있고 하늘 속에 땅이 있다. 땅이 하늘이고 하늘이 땅이다. 하늘과 땅이라는 구별은 무의미해진다.

경계라는 것이 하늘과 땅의 문제만은 아니다. 세상 모든 것의 경계는 멀리서 보면 분명하지만 가까이에서 보면 모호해진다. 국경선도 마찬가지다. 중국 쪽 압록강에서 한 발자국만 건너뛰면 북한인 곳이 있다. 미터 단위로 보면 경계가 분명할지 모르지만, 센티미터 단위로 보면 모호해진다. 육지와 바다의 경계도 마찬가지다. 남해의 해안선은 굴곡이 심하다. 그렇다고 동해의 해안선 굴곡이 덜 심한 것도 아니다. 얼마나 자세히 보느냐에 따라 해안선의 굴곡은 그 정도가 달라진다. 바다와 육지의 경계도 자세히 들여다보면 모호해진다.

역사적 사건도 마찬가지다. 1392년 8월 5일은 조선왕조 건국일이다. 이성계와 정도전이 고려를 무너뜨리고 개국한 조선 건국! 아주 간단하고, 분명하고, 확실한 사건이다. 하지만 1392년 8월 5일, 바로 그날에 살았던 사람들 중 얼마나 많은 이가 조선의 개국을 알았을까? 아직도 공민왕을 임금으로 생각하는 사람과 이성계를 임금으로 생각하는 사람이 뒤섞여 있지 않았을까? 이처럼 역사적 사건도 멀리서 보면 분명하지만 가까이에서 보면 모호해진다.

우리는 사물을 구별한다. 생물과 무생물, 동물과 식물, 짐승과 물고기, 나무와 풀, 나와 너, 물질과 정신, 선과 악, 천당과 지옥, 행복과 불행, 진보와 보수 등. 하지만 이런 구분은 절대적인 게 아니다. 자세히 보면 이 모든 경계가 모호해진다. 죽음이 임박한 사람에게는 삶과 죽음의 경계도 모호해진다. 삶 속에 죽음이 있고 죽음 속에 삶이 있다.

경계가 이렇게 모호하다는 것은 세상만사와 세상 만물이 서로 독립적이지 않다는 것을 의미한다. 만물은 서로 연관이 되어 있고 불가분의 관계를 맺고 있다. 이 통합된 하나를 인간의 분별지심이 갈라놓고 있다. 분별지심은 사물을 이해하기 위해서는 필요하지만, 더 깊이 이해하고 나면 이 분별하는 마음에서 벗어나야 한다.

사물을 이해하기 위해서 이름을 붙인다. 장미라는 이름은 장미라는 식물과는 무관한 것이다. 사람들이 붙인 이름일 뿐이다. 사람들은 이름을 붙이지 않고는 생각할 수 없는 존재다. 이름을 붙이는 일은 구분하는 것이고, 구분한다는 것은 경계를 만든다는 것이다. 사물을 이해하기 위해서 이름을 붙인다. 그리고 이해를 하고 난 후에는 사물을 그 이름에 매어두지 말아야 한다. 하지만 이름이 붙은 후에는 이름이 주인 노릇을 하는 것 또한 어쩔 수 없는 일이다.

이름과 마찬가지로 경계도 자연에 존재하는 것이 아니라 인간이 만든 것이다. 경계는 실체가 아니라 관념이다. 사물을 제대로 보지 못하기 때문에 붙여진 관념이다. 모든 갈등은 이 경계를 사이에 두고 일어난다. 너와 나의 갈등, 나라와 나라의 갈등, 진보와 보수의 갈등, 모두 경계에서 일어난다. 이 허구인 경계를 없애면 갈등도 없어지지 않을까?

선

남과 북 사이에는
38선이 있고

나라와 나라 사이에는
국경선이 있고

하늘과 땅 사이에는
보이지 않는 선이 있고

너와 나 사이에는

넘을 수 없는 선이 있고
넘어야 하는 선이 있고
넘고 싶은 선이 있고

창백한 푸른 점

제주도 올레길을 걸어보면 제주도가 결코 작은 섬이 아니라는 것을 알게 된다. 우리나라가 작다고 하지만 여행을 해본 사람은 그렇게 작은 나라가 아니라는 것을 알게 된다. 비행기를 타고 태평양을 건너 미국을 여행해본 사람이라면 지구가 얼마나 큰지 실감하게 된다. 이렇듯 인간에게 지구는 우주나 다름없다.

하지만 칼 세이건은 이 지구를 '창백한 푸른 점'이라고 했다.

NASA가 우주 탐사선 보이저 1호를 보낸 것은 지구가 아니라 태양계의 행성들, 나아가 저 먼 우주의 모습을 알기 위함이었다. 1990년 2월 초, NASA는 보이저 1호에 긴급 메시지를 보냈다. 이 명령에 따라 우주를 향하고 있던 보이저 1호의 카메라는 방향을 지구로 돌렸다. 그리고 셔터를 눌렀다. 달보다 더 멀리서 본 지구의 모습이 찍히는 순간이었다. '창백한 푸른 점'은 그렇게 찍힌 지구의 모습이다.

카메라를 돌려 지구를 찍는 것 자체는 그렇게 대단한 일은 아니다. 하지만 지구를 향해 카메라를 돌리려고 한 생각은 위대하다. 지구를 떠나 우주로 가는 일이 그냥 우주의 일이 아니라 바로 지구의 일이라는 것을 일깨워주기 때문이다.

『창백한 푸른 점』, 미국의 천문학자이자 미국 항공우주국의 우주 개발에 중심 역할을 한 칼 세이건이 쓴 책의 제목이다. 창백한 푸른 점은 칼 세이건이 가지고 있는 지구와 지구의 생명에 대한 지극한 애정의 표현이다. 부모의 입장에서 자식은 강한 자로 보일까, 아니면 약한 자로 보일까? 큰 자로 보일까, 아니면 작은 자로 보일까? 안심되는 존재일까, 언제 무슨 일을 당할지 모르는 불안한 존재일까? 지구와 지구의 생명을 바라보는 칼 세이건의 심정은 바로 이러한 부모의 마음이었을 것이다.

광대한 우주에서 보면 지구는 한 개의 작은 점이다. 이 거대한 지구가 작은 점이라니! 지구와 달 사이에서 아폴로 17호가 찍은 사진을 보면 지구는 소용돌이치는 구름 사이로 대륙과 바다가 얼룩처럼 보이는 큰 공의 모습이다. 하지만 보이저 1호가 태양계 외곽에서 찍은 사진을 보면 지구는 수많은 별 사이에 찾기도 어려운 작은 점에 지나지 않는다. 그리고 태양계를 벗어나 더 멀리 가면 지구는 보이지도 않는, 정말 존재한다고 말하기도 어려운 존재가 되고 만다. 이렇게 지구는 우주에서 정말 작은 존재다. 그런데 지구를 작은 점이라고 표현하는 그 속마음은 지구라는 존재의 소중함을 역설적으로 표현하는 말이다.

지구는 작은 점에 지나지 않는다. 하지만 생명이 존재하는 푸른 점이다. 아직도 우주의 어디에 다른 생명이 있는지 우리는 알지 못한다. 우주에 다른 생명이 있건 없건 지구의 생명은 소중하다. 진화론의 관점에서 보면, 비록 우주에 다른 생명이 무수히 존재한다고 하더라도 지구의 생명은 그 생명과 매우 다른, 독특한 존재일 수밖에 없다. 그러므로 지구의 생명은 이 우주에서 매우 독특하고 소중한 존재이다.

왜 하필 창백한 푸른 점일까? 창백하다는 말이야말로 칼 세이건의 생명에 대한 지극한 사랑의 표현이라고 할 수 있다. 창백하다는 말은 연약하다는 의미가 있다. 연약하므로 사랑이 필요한 존재라는 의미가 되기도 한다. 지구의 장구한 역사를 돌아볼 때, 생명을 잉태한 것은 기적이었다고 해도 과언이 아니다. 하지만 얼마나 많은 생물 종이 인간에 의해 ―일부는 자연적으로―멸종되었던가! 그 때문에 지구는 푸르기는 하지만 짙은 푸름이 아닌 창백한 푸름, 강한 푸름이 아닌 연약한 푸름인 것이다.

지구가 창백한 푸른 점이 되기까지, 지구는 장구한 지구 역사의 대부분을 보낸 후에 생명이라는 기적을 이루어냈다. 생명이라는 기적의 가장 끄트머리에 인류라는 종이 생겨났다. 하지만 인류는 인류 역사를 거의 전부 소모한 후에야 지구가 창백한 푸른 점이라는 사실을 깨달았다. 가까이 있다고 잘 아는 것이 아니다. 멀리서 보아야 더 잘 보이는 것도 있고, 헤어져 보아야 그 소중함을 알게 되는 것도 있다.

우주 탐험? 우주 탐험의 종착점은 우주가 아니다. 그 종착점은 바로 지구다. 인간에게 우주 탐험은 바로 지구 탐험이다. 지구를 알기 위해서 우리는 지구를 떠나는 것이다.

창백한 푸른 점

끝도 없는 허공
허공 속에
희미하게 보이는 점 하나

나는 어쩌다가

천 길 낭떠러지 바위에 떨어져
낙락장송이 된 소나무처럼

이 광활한 우주에서
희미한 점 하나를 만나

노래하고
춤을 추고
사랑을 하고

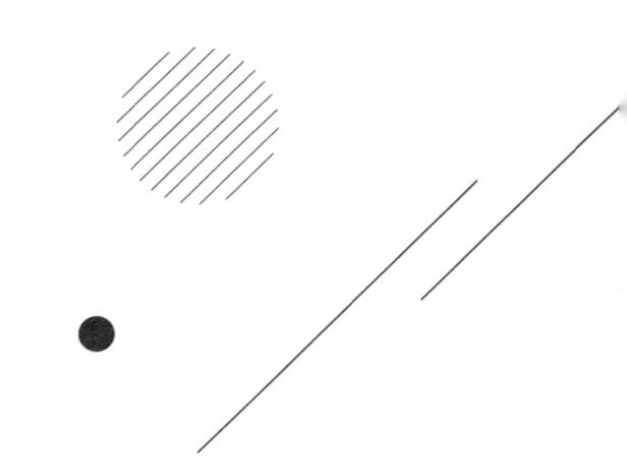

마침내
이 몸을 묻고

삐딱한 지구

봄 여름 가을 겨울, 왜 이렇게 지구는 추웠다 더웠다 하는 걸까? 아마도 사람들은 지구가 태양 둘레를 타원 궤도로 공전하니까 태양에서 가까울 때는 덥고, 멀 때는 추우리라 생각할지도 모른다. 수성이나 금성은 태양에서 가까워서 덥고, 목성이나 토성은 멀어서 춥다. 그러니 덥고 추움은 태양 때문이고, 계절이 바뀌는 것을 태양과의 거리 때문으로 해석하는 것은 아주 합리적이고 과학적으로 보인다. 하지만 지구의 사계절은 거리 때문에 생기는 현상이 아니다.

에베레스트 같은 높은 산에는 만년설이 있을 정도로 사시사철 춥다. 한낮이면 높은 산꼭대기는 태양에 더 가까울 텐데 왜 산 아래보다 더 추울까? 모닥불도 가까이에서는 따뜻하고 멀어지면 춥다. 멀리 있는 모닥불도 그럴까? 모닥불에서 1미터 떨어진 곳과 2미터 떨어진 곳의 따뜻함은 차이가 크겠지만 10미터 떨어진 곳과 11미터 떨어진 곳의 따뜻함도 그렇게 차이가 날까? 더 나아가 100미터 떨어진 곳과 101미터 떨어진 곳의 따뜻함도 차이가 날까?

태양은 지구에서 대략 1억 5,000만 킬로미터나 떨어져 있다. 지구가 태양 둘레를 공전하면서 태양에 가장 가까울 때가 1억 4,700만 킬로미터, 가장 멀 때가 1억 5,200만 킬로미터이다. 그 차이는 겨우 3퍼센트에 지나지 않는다. 이것은 100미터 떨어진 모닥불에서 3미터 더 멀리 있는 것과 마찬가지다. 이것으로 미루어볼 때, 태양과의 거리 때문에 춥고 더움에 차이가 나기는 어렵다. 계절이 지구와 태양 사이의 거리 때문이라면, 왜 같은 지구의 북반구에 있는 우리나라가 겨울일 때 남반구에 있는 호주에서는 여름이 된단 말인가?

계절이 생기는 것은 지구와 태양 사이의 거리 때문이 아니라 지구의 자전축이 기울어져 있기 때문이다. 지구가 태양을 도는 궤도가 만드는 평면을 공전궤도면이라고 하는데 지구의 자전축이 이 궤도면에서 23.5도 기울어져 있다. 자전축이 기울어져 있으면 어떤 때는 햇빛을 정면으로 받고 어떤 때는 비스듬히 받는다. 아침저녁으로 서늘하고 한낮에 더운 것도 햇

빛을 정면으로 받느냐 비스듬히 받느냐에 따라 달라지는 것이다. 지구가 태양에서 멀리 떨어져 있을 때도 햇빛을 정면으로 받으면 따뜻하고 비스듬히 받으면 춥다. 사계절이 생기는 것은 지구의 자전축이 공전궤도면에 수직이 아니라 기울어져 있기 때문이다. 지구가 삐딱하게 자전을 하므로 계절의 변화가 생기는 것이다.

삐딱한 지구, 이 삐딱함이 사계절을 선물했다. 항상 곧고 바른 것이 좋은 것만은 아니다. 어떤 때는 삐딱한 것이 더 좋을 때도 있다. 지구가 이렇게 삐딱하게 기울어지지 않았다면 계절이 없었을 것이고, 지구가 돌지 않았으면 밤낮이 없었을 것이다. 그렇게 되면 시간도 없었을지 모른다. 시간이란 변화에 대한 인간의 관념일 뿐인데 변화가 없는 세상에서 어떻게 시간을 느낄 수 있겠는가? 시간을 느끼지 못하는 세상에서 시간이라는 개념이 생겨날 수 있을까? 아마 그런 세상에서는 시간의 개념이 존재하지 않거나 존재해도 우리가 생각하는 시간과 매우 달랐을 것이다. 그러니 지구의 이 삐딱함이 시간을 만들어냈다고 해도 과언이 아니다.

수평선과 수직선을 고집했던 피에트 몬드리안Piet Mondrian과는 달리 네덜란드의 화가 뒤스부르크Theo van Doesburg는 사선을 사용해서 시간을 표현하려 했다. 시간이 삐딱하게 흐른다? 참 특이한 발상이다. 눈에 보이지도 않고 존재한다고도 할 수 없는 시간을 공간예술인 그림으로 표현하는 것은 쉬운 일이 아니다. '시간은 삐딱하게 흐른다'. 참 놀라운 발상이다. 하지만 더욱 놀라운 사실은 지구 자전축의 삐딱함과 뒤스부르크의 삐딱한 선이, 시간이라는 공통분모를 가지고 있다는 점이다.

뒤스부르크가 얼마나 천문학적인 지식을 가지고 있었는지는 모르겠다. 그리고 그가 계절이라는 시간이 지구 자전축이 기울어진 것과 관련이 있다는 것을 알고 있었는지는 더욱 모를 일이다. 그리고 그가 지구의 삐딱함에서 시간을 사선으로 그렸는지는 더더욱 모를 일이다. 하지만 지구의 삐딱함과 뒤스부르크의 사선은 모두 시간으로 서로 연결되어 있다.

공간 현상인 자전축의 삐딱함이 시간 현상인 계절과 연관된다니! 앨버트 아인슈타인Albert Einstein은 시간과 공간을 연결하여 시공간 4차원을 제안했다. 시간과 공간을 동일한 것으로 취급한 것이 시공간 4차원이다. 아인슈타인은 시공간 4차원을 이용하여 상대성 이론을 완성했다.

삐딱함은 공간의 문제이다. 공간이 시간에 영향을 주어서 계절이 생겨났다. 시공간 4차원이 그렇듯이 시간과 공간은 이렇게 서로 교묘하게 얽혀 있다.

삐딱하기

삐딱한 소나무는 정원이 되고

삐딱한 피사의 탑은 역사가 되고

삐딱한 데스부르크*의 선은 예술이 되고

삐딱하게 돌아가는 구겐하임은 박물관이 되고

삐딱한 지구는 계절이 되고

* 테오 반 데스부르크(Theo van Doesburg): 네덜란드의 화가로 피트 몬드리안(Piet Mondrian)과 함께 신조형주의(neo plasticism)의 창시자

일식을 보는 마음

1917년 8월 21일, 99년 만에 미 대륙을 관통하는 개기일식이 있었다고 야단법석을 떨었다. 개기일식이 역사에 남는 사건이 되었던 것은 아마도 1919년 5월 29일, 영국의 천문학자 아서 에딩턴Arthur Stanley Eddington이 아프리카 프린시페섬에서 관측한 개기일식일 것이다. 에딩턴은 이 개기일식 때 별을 관측하여 아인슈타인의 일반 상대성 이론을 실험으로 증명했다.

지구가 태양 둘레를 돌고, 달이 지구 둘레를 돌다 보면 달이 태양과 지구 사이에 끼어 태양을 가리게 되는 때가 있기 마련이다. 이것이 일식이다. 지구와 달의 공전궤도면이 같은 평면이라면 매달 한 번씩 개기일식이 일어나야 하겠지만, 지구가 태양을 도는 공전궤도면과 달이 지구를 도는 공전궤도면은 약 6도 정도 어긋나 있어서 일식이 매달 일어나지 않는 것이다.

달이 태양을 완전히 가리는 개기일식은 지구와 달의 공전 궤도면의 문제만이 아니라 지구, 태양, 달 상호 간의 거리와 달의 크기도 중요한 요인이 된다. 달이 지금보다 조금 더 작거나 지구와 달 사이의 거리가 지금보다 좀 더 멀었어도 개기일식을 볼 수는 없었을 것이다. 이렇게 보면 개기일식 현상은 기막힌 천문학적 조화라고 하지 않을 수 없다.

그런데 어떤 특정한 순간에만 달이 태양을 가리는 것은 아니다. 태양에서 나오는 빛은 사방팔방 우주 공간으로 퍼져나갈 것이니 태양의 빛을 받는 달은 언제나 태양을 가리고 있는 셈이다. 지금 이 순간에도 태양과 달을 잇는 직선상의 우주 어딘가에서는 개기일식이 일어나고 있다. 다만 지구에서 보았을 때 달이 태양을 가리지 않기 때문이지, 달은 언제나 태양을 가리고 있다.

어디 달만 태양을 가리고 있을까? 지구도 태양을 가린다. 밤이란 무엇인가? 지구가 태양을 가린 현상이 아닌가? 서산에 해가 지는 것은 지구가 태양을 가리는 일식이고, 아침에 태양이 솟아오르는 것은 가려졌던 태양이 지구를 벗어나는 일출 현상이 아닌가?

이렇게 보면 일식이란 것도 별것 아니다. 지구, 태양 그리고 달이 일직선상에 있어서 태양이 달에 가려져 보이는 모습에 지나지 않는다. 이런 것을 다 알고 있는 나도 일식을 보려고 색유리를 준비해 시간에 맞추어서 기다린다. 그냥 보기만 하는 것이 아니라 마음속으로 소원을 빌어보고 아련한 추억에 젖어들게도 된다.

닐 암스트롱Neil Armstrong이 달에 첫발을 내디딘 후, 달은 물도 공기도 없는 삭막한 돌덩어리라는 것을 알아버린 지금도 달빛 아래 연인과 함께 걷는 두 사람에게 달은 여전히 특별한 의미를 갖는다. 인간이 아는 것과 느끼는 것은 왜 이렇게 다른가?

가로등도 없고 사방에 짐승들이 우글거리던 그 옛날 밤, 사람들은 생사의 갈림길에 서는 일이 많았을 것이다. 그러니 밤을 비추는 달은 그냥 밤을 밝히는 물건이 아니라 그 이상의 의미를 인간에게 각인시켰을 것이다. 그러니 태양을 달이 가리는 일식은 인간에게 정말 큰 사건으로 다가왔을 것이다.

이제 우리는 일식이 당연한 천문현상이라는 것을 알지만 그럼에도 불구하고 우리의 유전자 속에 각인된 태양과 달에 대한 이미지는 쉽게 변하지 않는다. 우리는 내 의지대로 생각하고 내 의지대로 행동하는 것 같지만, 의지는 감정, 더 깊이는 본능의 지배를 받는 것이다. 그리고 인간의 본능은 이 대자연에서 진화과정을 통해서 만들어진 신체적·정신적 현상이다. 일식을 볼 때 우리의 속 깊이, 저 석기시대부터 각인된 태양과 달의 이미지가 우리의 논리에 앞서 우리의 감정을 지배하게 되는 것이 아닐까?

일식과 월식

달은 휘영청 밝고

태양은 눈부시게 밝고

그래도

태양은 달이 잡아먹고

달은 지구가 잡아먹네

둥근 땅

예로부터 우리나라는 정원에 연못을 두었다. 대표적인 예로 창덕궁의 후원을 들 수 있다. 연못은 대체로 네모 모양이고, 그 속에는 둥근 섬이 하나 있기 마련이다. 그리고 그 섬에는 나무 한 그루를 심어놓기도 한다. 여기서 네모는 땅을 의미하고 원은 하늘을 의미한다. 동양에서는 땅은 네모나고 하늘은 둥글다고 믿었다.

그런데 이 네모난 땅을 사람들은 지구地球라고 한다. 지구, 둥근 땅이라는 뜻이 아닌가? 네모나다고 믿었는데, 왜 둥글다고 했을까? 우리의 천문 지식이 서양보다 더 발달해서 땅이 둥글다는 사실을 먼저 알아냈기 때문일까? 물론 아니다. 땅이 둥글다는 것은 서양이 먼저 알아냈고, 나중에 중국으로 전해지고, 이것이 다시 우리나라로 전해진 것이다. 지구가 모나지 않고 둥글다는 사실이 동양에 전해졌을 때, 지구가 평평하다고 믿고 있던 사람들의 놀라움이 얼마나 컸을까? 이 놀라움의 표현이 바로 '지구'라는 말로 태어난 것이 아니었을까?

국문학자 양주동 박사는 신발 뒤꿈치가 삐딱하게 닳는 모습을 보고 지구가 둥글다는 것을 알았다는 농담을 했다고 한다. 지구가 둥글다는 주장이 나온 것은 기원전으로 거슬러 올라간다. 기원전 340년 경 그리스의 철학자 아리스토텔레스 Aristoteles는 그의 저서 『천구에 관하여On the Heavens』에서 지구가 둥글다는 것을 입증하는 증거를 제시했다. 하나는 월식 현상인데, 월식 때 달에 생기는 지구의 그림자가 둥글다는 것이고, 다른 하나는 북극성의 고도가 남쪽으로 갈수록 더 낮아진다는 사실이다. 그리고 항해를 많이 했던 그리스인들은 배가 육지에서 멀어질수록 배의 돛이 점점 수평선 아래로 내려가는 것을 보고 지구가 둥글다는 것을 알았다고 한다.

우리나라도 조선시대에 이미 지구가 둥글다는 것을 알고 있었다. 박지원은 『열하일기』에서 지구가 둥글다고 했을 뿐만 아니라 지구를 달에서 보면 지구가 달처럼 보일 것이라고 적었다. 그래서 그는, 우리는 보름에 '달 놀이'를 하지만, 달에 사람이 있다면 달에서는 '땅(지구) 놀이'를 할 것이라고 했다.

이처럼 땅이 둥글다는 것을 진작 알았으면서도 왜 그토록 오랜 기간 동안 이 사실이 받아들여지지 못했을까? 거기에는 복잡한 이유가 있겠지만, 지구가 둥글다는 것을 직접 체험하는 것이 불가능하기 때문일 것이다. 지구가 둥글다는 것은 천문 관측을 통해서 유추하거나 먼 항해의 경험을 통해서 추리할 수 있을 뿐이다. 측량 기술이 발달하면서 정확한 지리적 측정과 기하학적 방법을 통해서 지구가 둥글다는 것을 알아낼 수 있었다. 하지만 그 과정을 일반인들이 이해하는 것은 어려운 일이다.

그리고 땅이 둥글다는 것은 일반 상식과도 맞지 않는다. 지구가 공 모양이라면 어떻게 공중에 둥둥 떠 있을 수 있으며, 지구의 반대편에 서 있는 사람은 어떻게 아래로 떨어지지 않는가, 하는 점 등이다. 이런 문제는 아이작 뉴턴Isaac Newton이 중력을 발견함으로써 보다 잘 이해할 수 있게 되었지만 그것은 아리스토텔레스가 땅이 둥글다고 주장한 지 거의 2,000년이나 지난 후의 일이다.

인간의 믿음은 논리에서 나오는 것이 아니다. 믿음은 체험이 마음에 용해溶解되어 생기는 정신 현상이다. 땅이 둥글다는 것은 체험이 아니라 여러 관찰 사실들을 종합해 논리적으로 내린 결론이다. 그러므로 교육을 통해서 땅이 둥글다는 것을 논리적으로 이해했다고 해도 그것이 바로 믿음으로 연결되는 것은 아니다.

인간의 믿음은 참 묘한 것이다. 눈으로 보면서도 믿지 못하는가 하면, 보이지 않는 것을 믿기도 하는 것이 인간이다. 그런 인간이기에 지구가 둥글다는 수많은 증거가 있음에도 그것을 믿는 것이 어려웠던 게 아닐까? 로마의 황제 율리우스 카이사르Gaius Julius Caesar가 그 옛날에 그렇게 말하지 않았던가? “인간은 자기가 보고 싶은 대로만 본다”라고. 그러니 보이지 않는 땅덩어리가 아무리 둥글다고 해도 보고 싶은 대로만 보고 보이는 것만 믿는 인간이 어떻게 믿을 수 있었겠는가?

지구

중력에 순종하여

휘어지고 휘어지고
자꾸만 휘어지고

마침내 완전한 원을 이루어

시작도 없고 끝도 없고

유한有限이 무한無限이 되었네

휘어지고 휘어진, 땅
가도 가도 끝없는, 지구

허공에 두둥실 떠 있는
무한히 큰

우주

이름이라는 폭력

태정태세문단세, 빨주노초파남보, 수금지화목토천해명. 초등학교 때부터 달달 외우던 이름들. 기억맹인 나 같은 인간도 이 나이가 되도록 기억하는 이름들이다. 인간은 모든 사물에 이름을 붙인다. 마치 이름 없이는 부를 수도 없고, 사랑할 수도 없고, 생각조차 할 수도 없다는 듯이 말이다. 이름을 붙이지 않고는 아무것도 할 수 없는 존재, 그 이상한 존재가 바로 인간이다. 인간에게 이름이 없는 존재는 없는 존재나 마찬가지다. 인간이 태어나면서 가장 먼저 당하는 폭력은 아마도 이름이 아닐까? 태어나기도 전에 이름이 정해지고, 자신의 의사와는 무관한 이름이 평생 자신을 대변하고, 규정하고, 제한하는 이런 폭력이 어디 있을까?

또한 언어 자체가 사물에 가하는 인간의 폭력이라는 생각이 든다. 아름답다, 더럽다, 크다, 작다 등 언어 자체는 실제로 존재하는 것이 아니라 인간이 만들어낸 관념이다. 이 허구인 관념으로 사물을 규정해 버리니, 사물의 입장에서 보면 언어가 폭력이 아니고 무엇이란 말인가?

'하늘은 복록 없는 사람을 내지 않고, 땅은 이름 없는 풀을 키우지 않는다天不生無祿之人 地不長無名之草'. 『명심보감』에 있는 말이다. 이름 없는 풀이 없다니? 풀이 어디 이름을 가지고 태어났단 말인가? 풀이 이름을 가지고 태어난 것이 아니라 사람이 풀에 이름을 덧칠한 것이다. 그리고 사람들은 풀 자체가 아니라 그 풀의 이름이 바로 그 풀이라고 착각하고 있다. 이름이 그 풀의 참모습을 보지 못하게 만든다.

수금지화목토천해(명), 태양계의 행성 이름이다. 그런데 2006년, 천문학자들은 여기 '명'에 해당하는 명왕성을 태양계의 행성에서 퇴출해 버렸다. 명왕성의 처지에서 생각해보면 참 어처구니없어도 이런 어처구니없는 일이 또 있을까? 누가 이름을 지어달라고 했나, 행성의 반열에 넣어달라고 했나? 저들이 이름 짓고, 행성이라 규정했다가 이제 와서 행성이 아니라고 퇴출하고. 이 무슨 웃기는 일이란 말인가?

물론 인간들도 할 말은 있다. 명왕성보다 더 큰 천체가 발견되었고, 앞으로 이보다 더 큰 행성이 발견될 가능성도 남아 있고, 그렇게 되면 행성의 숫자가 얼마나 더 늘어날지 모를 일이고. 그래서 이참에 분명하게 행성 가족의 수를 제한해 버리는 것이 좋겠다, 뭐 이런 생각이었다고 한다. 아무리 그래도 명왕성을 설득하기는 어려울 것이다.

내가 그의 이름을 불러주기 전에는
그는 다만 하나의 몸짓에 지나지 않았다
내가 그의 이름을 불러주었을 때
그는 나에게로 와서 꽃이 되었다

김춘수 시인의 「꽃」이라는 시다. 아름답게만 보이지만 실은 내가 이름을 불러주지 않으면 너는 아무것도 아니라는 뜻이다. 모든 존재는 존재 자체로 의미가 있는 것인데, 이름이 있고 없고가 왜 중요하단 말인가?

이름은 그 이름의 주인과는 전혀 무관하다. 하지만 일단 이름이 붙여지고 나면 이제는 이름이 주인 노릇을 하게 된다. 장미는 장미라는 이름과는 무관한 존재다. 하지만 일단 장미라는 이름이 붙은 후에는 장미가 되고 만다. 장미에서 벗어나고 싶어도 벗어날 길이 없다. 장미라는 이름은 장미에게는 속박이고, 억압이고, 폭력이다.

'수금지화목토천해'로 끝내자니 자꾸만 '명'이 내 입속을 간질인다. 뭔가 뒤를 닦지 않은 듯 불편하다. 이 불편함의 본질도 내 무의식 속에 작용하는 이름이라는 보이지 않는 힘, 이름이 가지고 있는 폭력성에 기인하는 것이 아닐까?

이름

어느 천문대의 학부모 초청 행사장

이 별은 베텔기우스Betelgeuse 520광년
이 별은 카페일라 900광년
저 별은 M87 블랙홀 5,500만 광년

별 보고
별 이야기 듣고

별의 수에 감탄

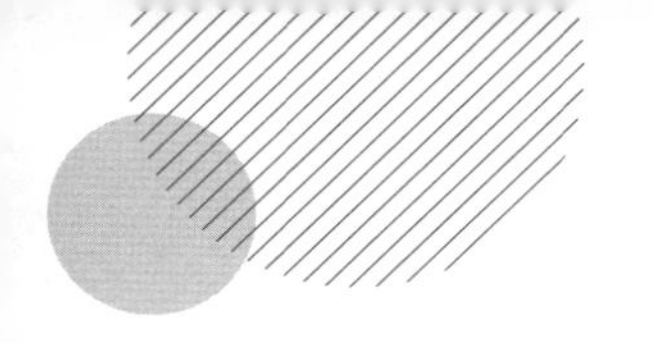

별까지의 거리에 감탄

우주의 크기에 감탄

감탄, 감탄, 감탄

행사 마치고 나오면서

"당신들 정말 대단해요!"

천문학자 좋아서

"뭐가 그렇게 대단한데요?"

"그렇게 멀리 있는 별을

가보지도 않고

이름까지 알아냈으니까요!"

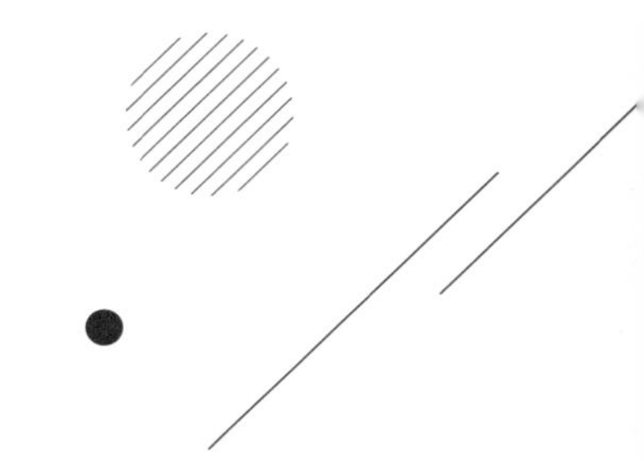

천문학자

"! @ # % & ?"

외계인 찾기

톰 행크스Tom Hanks 주연의 영화 「캐스트 어웨이Cast Away」를 보았는가? 비행기 사고로 무인도에 떨어진 주인공이 우여곡절 끝에 섬을 탈출하는 내용을 담은 이 영화에는 비행기와 배가 지나갈 때마다 애타게 신호를 보내는 주인공의 모습이 절절하게 묘사되고 있다.

만약 당신이 무인도에 떨어졌다고 가정해보자. 무인도에는 모든 것이 풍부하고 살기에 아무 부족함이 없다. 그렇다면 당신은 그곳에서 행복할 수 있을까? 아무리 부족함이 없다고 해도 당신은 지나가는 배를 보면 사력을 다해서 손을 흔들어 댈 것이다. 지금 이 섬에 떨어진 사람이 당신뿐인지, 지금 당신이 어디에 있는지, 근처에 또 다른 섬이 있는지, 그 섬은 사람이 사는 섬인지, 혹시 지나가는 배가 있는지 궁금해할 것이다. 인간은 혼자서는 살 수 없는 존재다. 그래서 모든 존재 중에서 가장 고독한 존재가 바로 인간이 아닌가 생각한다.

지구에 사는 우리도 무인도에 떨어진 사람과 같은 처지다. 이 우주에서 지구는 풍요롭고 평화로운 기적 같은 섬이다. 하지만 그것만으로 인간은 만족할 수 없다. 이 우주 어딘가에 있을 우리와 닮은 존재가 궁금하고, 보고 싶다. 지구인들도 무인도에서 지나가는 배에 손을 흔드는 톰 행크스의 심정으로 별을 보고 있다. 우주선을 쏘아 올리고, 어디 있을지도 모르는 외계인에게 신호를 보내고, 외계인이 보냈을지도 모르는 신호를 잡기 위해서 전파망원경으로 1년 365일, 하루 24시간 우주를 감시하고 있다.

이러한 노력에도 불구하고, 지금까지 인류는 외계 생명체의 존재에 대한 어떠한 단서도 찾지 못했다. 달에 생명체가 없는 것은 분명하고 수성이나 금성에 있을 가능성도 없다. 현재 가장 관심을 두고 있는 행성은 화성인데, 지금까지는 실망스럽게도 아무런 성과가 없었다. 우리가 찾는 외계 생명체가 사람과 같은 고등 지능을 가진 존재라거나, 동물, 식물 같은 생명체만은 아니다. 아직 인류는 박테리아나 심지어 바이러스 수준의 생명체조차 찾지 못했다. 더 나아가 현존하는 생명체가 아니라 아주 먼 과거에 있었던 증거라도 찾으려 노력하고 있지만, 아직 그 어떤 단서도 찾지 못했다. 최소한 태양계 내에서는 아무것도 찾지 못했다.

스푸트니크 1호를 시작으로 수많은 인공위성, 루나 1호부터 보스토크, 익스플로러, 마리나, 아폴로, 바이킹, 소유즈, 파이오니아, 보이저, 갈릴레오, 카시니 등 수많은 우주선을 쏘아 올려서 태양계의 목성, 토성, 해왕성 등 태양계의 거의 가장자리까지 탐사를 계속하고 있다. 태양에서 멀어질수록 생명체를 발견할 확률이 더욱 낮아진다. 지금까지의 결과로 본다면 태양계에 생명체가 존재할 가능성은 매우 희박하다.

하지만 지구는 생명체들로 만원이다. 조그만 빈터만 있어도 잡초가 난다. 사람 몸에, 땅에, 공기에 얼마나 많은 박테리아와 바이러스들이 있는가? 의사와 농부들은 아이러니하게도 생명을 살리는 일보다는 죽이는 일을 훨씬 많이 하는 사람들이다. 이렇게 흔해 빠진 생명체가 지구를 벗어난 그 광활한 태양계에 한 개도 없단 말인가? 지구가 무엇이기에 이렇게 특별한 행성이란 말인가?

옛날에는 지구가 우주의 중심이었기에 특별한 것은 당연한 일이었다. 하지만 지구가 태양계의 한 행성에 지나지 않는다는 것이 밝혀진 이후로 지구가 특별하다는 것은 매우 이상한 일이 되었다. 지구가 우주에서 특별한 존재가 아니라는 것이 과학자들의 확고한 믿음이다. 그런데도 우주를 탐구하면 할수록 자꾸만 지구가 특별한 것처럼 보이니 참 기가 막힐 노릇이다. 지구 밖 어디에서도 생명의 존재를 아직 찾지 못했으니 말이다. 그러한 좌절을 겪으면서도 과학자들은 지구만 특별할 수는 없다는 믿음을 버리지 못하고 있다.

이 우주에는 수많은 은하가 있고, 그 수많은 은하에는 수많은 별이 있고, 그 수많은 별에는 또 수많은 행성이 있다. 이 우주에는 은하가 약 1,000억 개, 각 은하에는 별이 약 1,000억 개, 별마다 지구와 같은 행성이 적어도 10여 개씩은 있을 것이다. 만약 지구와 같은 행성 1만 개에 한 개꼴로 생명체가 있고, 생명체가 있는 행성 1만 개에 한 개꼴로 고등 지능 생명체가 있다면, 우리 은하에만 해도 고등 지능을 가진 존재가 수천이 될 것이고, 우주 전체로 보면 수백 조가 넘는 별에 고등 지능이 존재한다는 계산이 나온다. 그중에는 우리보다 더 미개한 족속도 있겠지만 우리보다 더 뛰어난 족속도 있을 것이다. 우주에 생명체가 있고 더 나아가 인간과 같은 고등 지능을 가진 존재가 있다는 것은 과학적인 논리로 보면 당연하다. 그래서 과학자들은 외계 생명에 대한 미련을 버리지 못하는 것이다.

외계 지능에 관한 탐사는 외계로부터 오는 전파를 조사하는 일이다. 그 첫 시도는 1960년 미국 웨스트버지니아 국립전파천문대에서 시작한 SATI가 있고, 그 후에도 1983년 영화감독 스티븐 스필버그Steven Spielberg의 제안으로 만들어진 META 등 여러 프로젝트가 있다. 이들은 모두 외계인이 보낸 것으로 추정되는 전파를 찾는 일이다. 만약 외계에 우리보다 뛰어난 지능이 존재한다면 그들이 우리를 찾고 있을 것이고 그들도 전파를 보내리라 생각하기 때문이다.

1974년 푸에르토리코에 있는 아레시보 천문대를 통해서 우리도 외계인에게 전파(아레시보 메시지)를 발사했다. 약 2만 5,000광년 떨어진 헤르쿨레스Hercules 자리 구상성단의 M13을 향해서. 하지만 그 회신을 우리가 받으려면 무려 5만 년을 기다려야 한다! 5만 년 뒤에 받을 편지를, 그것도 받는다는 보장도 없는 편지를, 받는다고 해도 해독할 가능성도 별로 없는 편지를 보내는 과학자들! 이 과학자들의 마음이, 받지도 못할 편지를 애인에게 보내는 사람의 마음과 같을까? 가장 합리적이라고 하는 과학자들이 왜 시인들이나 할 법한 일을 하고 있을까?

간절함

아득히 먼
우주의 한 모퉁이

희미하게 보이는 별 하나
밝아졌다 어두워졌다

애인의 표정 속에 감추어진 비밀처럼

보일 듯 말 듯
들릴 듯 말 듯
닿을 듯 말 듯

저곳에도
바다가 있을까?
강이 있을까?
생명이 있을까?

사람이 있을까?

외계인과의 조우遭遇

1982년에 개봉된 영화「이티E.T.」는 아마도 외계인 영화로는 독보적 흥행을 기록한 영화일 것이다. 외계인과 지구인의 우정을 다룬 영화, 얼마나 감동적이었던가? E.T가 그 가늘고 긴 손가락을 지구의 아이에게 내미는 장면은 인간들 사이의 사랑을 넘어서는 우주적 신비감까지 가져다주었다.

먼 훗날 있을지도 모르는 외계인과의 조우가 이런 애틋한 사랑의 만남이 된다면 얼마나 좋으랴! 하지만 냉철하게 생각해보면 E.T와 같은 외계인이 있다는 것도, 그런 만남이 가능하다는 것도 말이 안 된다.

우선 이 영화에 나오는 외계인은 지구인과 닮아도 너무나 많이 닮았다. 눈, 코, 귀, 입이 다 있고, 그것도 지구인과 마찬가지로 입과 코가 한 개 눈이 두 개, 귀도 두 개다. 콧구멍도 두 개다. 팔과 다리도 있다. 외계인이 존재한다고 해도 이렇게 지구인과 비슷한 외계인이 존재할 가능성은 전혀 없다. 60억 지구인 모두 자기가 상상하는 외계인을 그려놓았다고 하자. 먼 훗날 실제로 외계인이 나타났을 때, 그 그림 중에 하나라도 실제 외계인과 유사한 것이 있다면 참으로 놀라운 일이 아닐 수 없다. 우리가 어떤 상상력을 동원하더라도 외계인의 실제 모습은 우리의 상상 밖에 있을 것이다.

지구에 존재하는 많은 동물도 인간과 아주 유사하다. 짐승들은 말할 것 없고, 물고기나 개구리도 인간과 유사하다. 개구리도 눈이 두 개 있고 팔과 다리가 있다. 찌르면 피가 나온다. 지구상에 있는 그렇게 다양한 생명체들 사이에는 왜 이러한 유사성이 존재할까? 그것은 이 지구의 모든 생명이 같은 진화 과정에서 생겨났기 때문이다.

우리의 족보를 더듬어 올라가보면 김씨와 이씨의 조상이 같았을 것이고, 더 올라가보면 우리와 아프리카 흑인의 조상이 같았을 것이고, 더 올라가보면 원숭이나 고릴라의 조상이 우리의 조상이었을 것이고, 더 올라가보면 개구리와 뱀, 그리고 물고기의 조상이 우리의 조상이었을 것이다. 하지만 E.T의 조상은 결코 우리의 조상이 될 수 없다. 그러니 외계인의 모습은 우리와 물고기가 다른 것보다 훨씬 더 우리와 다를 수밖에 없다.

아마도 원자적 수준에서는 유사성이 있을지 모른다. 그들의 육체도 수소, 질소, 산소 등으로 되어 있을 것이기 때문이다. 하지만 분자적 수준에서는 유사성을 찾기 어려울 것이다. 그들의 육체가 우리와 같은 단백질을 가지고 있을지 의문이다. 더욱이 우리와 같은 DNA 구조로 되어 있을 가능성은 매우 희박하다. 이런 외계인과 사랑을 한다고? 북한 농담처럼, 삶은 소머리가 웃을 일이다.

우주로 갈 것도 없이 지구에 있는 우리 인류의 역사를 살펴보면 우리가 외계인과 평화롭게 만날 수 있을 것이라는 기대가 무리라는 것은 분명하다. 인류 역사상 한 민족이 자기의 영역을 넓혀가는 과정에서 다른 민족들을 어떻게 했던가? 같은 음식을 먹고, 서로 섹스도 할 수 있고 공통의 자손을 퍼트릴 수도 있는 사이인 다른 민족 간에도 잔인한 인종청소가 일어나지 않았던가? 유사성이 전혀 없는 외계인과 평화롭게 만날 것이라고? 서로 사랑을 하게 될 것이라고? 말도 안 되는 소리다. 우리가 죽이든지 죽임을 당하든지 둘 중의 하나뿐이다. 협상이나 타협은 존재할 수 없다.

어떤 면에서는 아직 외계인과 맞닥뜨리지 않은 것이 지구인에게는 행운이었을지 모른다. 우리가 외계인을 찾아가기 전에 외계인이 우리를 찾아오는 순간, 그날은 인류 재앙의 날이 될 것이기 때문이다. 우리를 찾아오는 외계인은 당연히 우리보다 훨씬 발달한 문명을 이룩한 존재일 것이니 그들의 침략을 막을 힘이 우리에게는 없기 때문이다.

한 가지 희망은 있다. 그들이 우리보다 월등한 문명을 이루고 나서 진정한 깨달음에 이른 종족이라면 말이다. 그들이 살육이 얼마나 나쁜 것인지 오래전에 깨달았다면 아마도 우리를 어여삐 봐서 잘 살도록 만들어줄지도 모른다. 지구의 환경 운동가들이 멸종 동식물 보호를 위해서 노력하듯이 말이다.

하지만 그 전에 그들은 인간들을 잘 관찰하고서 정말로 이 인간들을 보호해야 할 가치가 있는지 고민할 것이다. 우리 인간이 정말로 그들에게 보호의 가치가 있는 것으로 평가받을 수 있을까? 왠지 자신이 없다. 또 한편으로는 그들이 우리를 좋게 평가했다고 하더라도 우리 인간이 그들의 애완동물로 살기를 원할까? 아무리 생각해도 외계인과의 평화로운 만남을 기대하기 어렵다.

그건 그렇다 치고, 왜 외계인은 아직도 오지 않았을까? 우리보다 발달한 문명을 이룩한 외계 문명이 우주에 없기 때문일까? 별이 수천억 개가 있는 우리 은하, 그런 은하가 수천억 개가 있는 이 우주에 우리보다 발달한 문명이 없을 가능성보다는 있을 가능성이 더 크다. 그렇다면 그들은 왜 아직 오지 않았을까? 그들이 너무 멀리 있어서 아직 도착하지 못한 걸까? 우리 은하의 크기가 10만 광년인데 다른 은하까지의 거리는 수십억 광년이나 될 것이니, 오고 있다고 해도 아직 도착하지 못했을 수도 있다. 어쩌면 그들이 몇천 광년, 몇백 광년 거리에, 아니면 아주 가까이 와 있을지도 모른다.

지구를 향해 달려오고 있는 외계인, 당신은 기다려지는가? 아니면 두려운가?

이산가족 상봉

신혼의 즐거움도 잠시

하나는 남쪽에서 60년
하나는 북쪽에서 60년

20세 아내를

20세 남편을

가슴에 안고

금강산에서 만난

80세 아내와

80세 남편

*

60년이 아니라

138억 년을

남과 북이 아니라

우주의 이쪽과 저쪽에 살던

외계인과 지구인의 만남

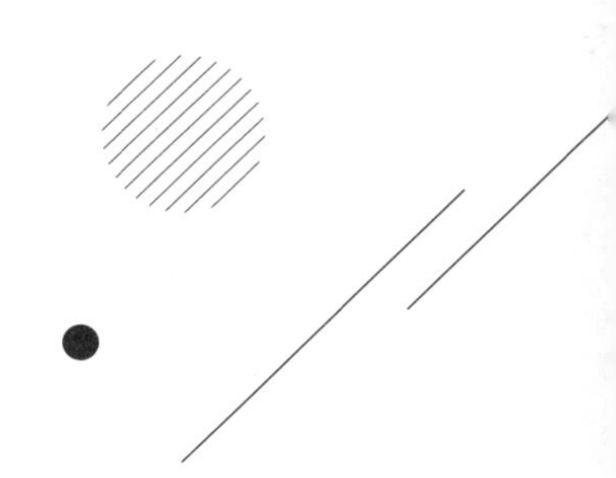

존재하는 것은
원자와 진공뿐,
그 밖에 모든 것은
상상이다.
- 데모크리토스

2장

원자들의 춤

원자들의 춤

신동이자 괴짜이며, 20세기 가장 위대한 물리학자라고 일컬어지는 리처드 파인먼Richard Phillips Feynman은 이렇게 말했다. 인류 문명이 멸망할 것에 대비해 후대를 위해서 남겨야 할 단 한 문장의 과학 지식을 뽑으라고 한다면, "만물은 원자로 되어 있다"라는 말을 남기고 싶다고.

그 많은 과학적 지식 중에서 왜 하필 이것이었을까? 하늘에는 빛나는 별도 많고, 땅에는 아름다운 꽃도 많은데 왜 하필 보이지도 않는 원자였을까? 그것은 만물이 원자로 되어 있다는 지식이 과학의 초석이기 때문이다. 우리는 원자라는 말을 일상적으로 사용하고 있지만 정말로 원자가 무엇인지 아는 사람이 이 지구상에 얼마나 있을까? 일반인들은 말할 것도 없고, 과학자 중에서도 극소수만이 원자가 무엇인지 이해하고 있을 것이다. 아니, 원자가 무엇인지 완전히 이해하는 사람은 아무도 없을지 모른다.

유물론이라고 하면 카를 마르크스Karl Heinrich Marx를 떠올리지만, 사실은 원자설을 주장한 데모크리토스Democritos가 유물론의 진정한 창시자라고 보아야 할 것이다. 데모크리토스는 "모든 물질은 원자라는 더 이상 나눌 수 없는 알갱이로 되어 있어야 한다"고 주장했다. 물질을 무한히 나눌 수 있다면 최종적으로 남는 것은 무한히 작을 것이다. 무한히 작은 것은 그것을 아무리 더해도 무한히 작을 수밖에 없다. 0을 아무리 많이 더해도 0이듯이 말이다. 우리가 일상에서 보고 만지는 유한한 크기의 물체가 존재하기 위해서는 물질을 이루는 근본 입자가 유한한 크기를 가져야 한다.

빨래를 널어놓으면 마른다. 빨래가 마르는 것이 보이지는 않지만, 물은 증발한다. 증발하는 물을 우리가 볼 수 없는 것은 원자가 너무 작기 때문이다. 하지만 작기는 해도 무한히 작은 것은 아니고 유한한 크기를 가지고 있다.

멀리 있는 양 떼를 보면 한 덩어리로 가만히 있는 것 같지만 가까이 가서 보면 수많은 양들이 이리저리 움직이고 있다는 것을 알 수 있다. 데모크리토스는 이처럼 물체들도 아주 작은 원자로 되어 있어서 눈으로 볼 수는 없지만, 가만히 있는 물체의 원자들도 복잡하게 움직이고 있다고 생각했다.

데모크리토스의 생각은 그 자체로도 대단하지만, 그 생각만으로 유물론의 창시자라고 하는 것은 아니다. 그는 색깔, 질감, 차갑고 따뜻함과 같은 물질의 특성도 실제로 존재하는 게 아니라 원자들의 운동으로 만들어진 것이라고 주장했다. 오직 원자만 존재하고 우주의 삼라만상은 원자들의 운동 때문에 나타난 현상일 뿐이다. 더 나아가 감정, 성격, 정신, 영혼과 같은 것도 존재하지 않으며, 세상을 다스리는 신이 존재하지도 않는다. 이 세상은 오직 원자들이 추는 춤만 있을 뿐이다. 그리고 이 춤에는 어떤 목적도 의미도 신의 뜻도 없다. 이러한 그의 사상을 이어받은 루크레티우스Lucretius Carus라는 위대한 시인은 “나는 자연이 어떤 힘으로 태양의 궤도와 달의 행로를 이끄는지를 설명하리라. 그들이 무슨 생각이 있는 것도, 신의 뜻이 있는 것도 아니라는 것을…….”이라고 읊었다.

원자라는 개념은 불가피하게 텅 빈 공간을 가정하지 않을 수 없다. 무無라는 개념은 수학의 영零, 과학의 진공眞空, 그리고 인생의 죽음死과 함께 가장 큰 난제 중의 하나다. 그래서 고대의 철학자들은 진공은 존재하지 않는다고 생각했다. 하지만 데모크리토스에게 진공은 물체가 존재하는 것과 마찬가지로 자명한 것이었다.

이 우주가 원자와 진공으로 이루어져 있다는 데모크리토스의 생각은 후대의 플라톤Plato 학파에 의해서 철저하게 배척되었을 뿐만 아니라 완전히 폐기되었다. 그러지 않았으면 인류의 과학 문명은 지금보다 최소한 몇백 년은 앞섰을는지 모를 일이다. 하지만 데모크리토스의 생각은 오랜 침묵 끝에 살아나서 더 큰 울림으로 지금의 우리에게 다가오고 있다. 만물은 원자로 되어 있다는 생각, 이 간단한 생각이 현대 문명의 주춧돌이 되었다.

비록 내가 원자의 존재를 의심할 나위 없이 믿고 있지만, 그래도 왠지 모르게 데모크리토스가 내 영혼에까지 들어오는 것이 께름칙하다. 그동안 내 속에 나도 모르게 스며들어 있는 플라톤이나 공맹孔孟의 사상 때문인지는 모르겠다. 아무튼 내가 지금 이 글을 쓰는 즐거움이 단지 내 몸을 구성하는 원자들의 춤이 아니었으면 한다. 원자의 춤 이상의 고상하고 물질로는 환원할 수 없는 그 무엇이었으면 한다. 내 이성은 그런 것이 없다고 은밀히 속삭이고 있지만.

춤

저녁노을의 저 찬란한 붉음은

원자가 추는 춤

뱀처럼 꿈틀거리는 이 욕망도

횃불처럼 타오르는 이 열정도

모두가 춤이다

광화문을 메운 촛불과 태극기는

원자가 추는 춤

가슴이 찢어지는 이 슬픔도

화산처럼 폭발하는 이 분노도

모두가 춤이다

원자가 추는 춤

라부아지에의 불멸不滅

불멸은 필멸의 인간이 꿈꾸는 애처로운 희망이다. 그중에서도 특히 과학자들이야말로 불멸의 존재를 찾는 바로 그 애처로운 사람들이다. 과학자들은 변화무쌍한 자연에서 변하지 않는 그 무엇을 찾아 헤매는 사람들이다.

불멸을 과학적인 용어로 말하면 '보존'이다. 물리학 책은 무엇이 보존되고, 어떻게 보존되는가를 설명하는 내용으로 가득 차 있다. 질량의 보존, 에너지의 보존, 운동량의 보존 등 물리학의 법칙은 보존에 관한 법칙이라고 해도 과언이 아니다. 만약 보존되는 것이 없다면 법칙이 존재할 수 없고, 자연을 지배하는 법칙이 없다면 자연현상을 설명하고 미래를 예측할 수도 없다. 설명할 수 없고 예측할 수 없다면 그것을 과학이라고 할 수 있을까?

화분에 나무를 심어놓으면 나무가 자란다. 나무가 자라는 것은 화분에 있는 토양에서 영양분을 흡수하기 때문이다. 이렇게 나무가 자라면서 나무의 무게도 점점 늘어난다. 그런데 이 나무의 무게는 어디서 왔을까? 이런 의문을 가진다는 것은 바로 질량이 보존되어야 한다는 믿음을 가지고 있다는 것을 의미한다. 이 질량 보존에 대한 믿음 때문에 나무의 질량이 어디에서 온 것인지를 추적하는 과학적인 활동이 이루어진다. 나무를 이루는 물질은 토양에 있는 영양분, 화분에 주는 물, 공기 중의 산소 등이 복잡한 과정을 통해 상호 교환되면서 생긴 결과이다. 이 과정에서 새로 생기는 것도 완전히 없어지는 것도 없다. 생물학도 결국 보존에 관한 학문이라고 할 수 있다.

물질은 이동하지만 그 과정에서 없어지거나 새로 생기지는 않는다. 즉, 물질의 양(질량)이 보존된다. 물질이 없어지지 않고 보존된다는 것을 과학적으로 가장 먼저 알아낸 사람은 아마도 프랑스 혁명기의 과학자 앙투안 라부아지에Antoine Laurent de Lavoisier가 아닐까? 그는 철이 타면 질량이 늘어난다는 사실을 증명해 보임으로써 물질이 타면 무게가 줄어든다는 통념을 깨뜨렸다. 탄다는 것은 산소와 격렬하게 결합하는 화학반응이다.

나무가 타면 나무의 탄소가 공기 중의 산소와 결합하여 이산화 탄소가 되어 연기로 날아가 버린다. 그러니 나무가 타고 남은 재는 나무보다 가벼울 수밖에 없다. 하지만 철이 타면 철이 산소와 결합하여 산화철이 되는데 산화철은 연기처럼 공기 중으로 날아가 버리는 것이 아니라 철의 표면에 붙어 있다. 산화철은 철에 산소가 붙은 것이니 원래 철보다 더 무겁다. 타면 무조건 가벼워지는 것이 아니라 오히려 무거워지는 것도 있다.

라부아지에는 "우주를 채우고 있는 물질들은 태우거나 압축하거나 자르거나 날카롭게 연마할 수는 있지만, 절대 사라지지 않는다. 다른 물질과 결합하거나 조합하며 떠돌아다닐 뿐 질량의 총량은 언제나 그대로이다"라고 했다. 물질의 양이 보존(질량 보존)된다는 말이다. 라부아지에의 이 주장은 현대 과학의 가장 중요한 초석이 되었다.

라부아지에는 이 보존원리를 세금 징수에 이용했다. 파리시 외곽에 성벽을 짓고 파리 시내로 들어오고 나가는 모든 물자에 세금을 매기는 것이었다. 성벽을 통과하는 물자만 통제하면 파리시의 모든 물자가 통제되는 것이기 때문이다. 물자가 보존된다는 생각을 적용한 것이다. 그는 이런 방법으로 루이 16세를 도와 세금 징수에 공을 세운 죄로 혁명군에게 처형당한 비운의 과학자가 되었다. 아이러니하게도 물질의 불멸을 알아낸 그가 정작 자기의 불멸은 지키지 못했다.

물질의 양, 즉 질량이 보존된다는 것은 수많은 실험을 통해서 증명되었다. 하지만 아인슈타인의 상대성 원리가 나오면서 문제가 생겼다. 소위 $E=mc^2$이라는 질량–에너지 등가원리 때문이다. 이 식에서 E는 에너지, m은 질량, c는 빛의 속력이다. 질량이 에너지로, 에너지가 질량으로 변환될 수 있다는 것이다. 이렇게 되면 질량은 보존되는 것이 아니다. 원자탄이 만들어내는 어마어마한 에너지는 바로 질량이 에너지로 바뀐 것이다. 이렇게 되면 이제 질량 보존 법칙은 버려야 한다. 그 대신 과학자들은 이제 에너지 보존이라는 더 막강한 무기를 갖게 되었다. 에너지가 질량으로 질량이 에너지로 전환되지만, 그 총합은 변하지 않는다. 그렇다면 에너지는 정말로 보존되는 것일까?

알 수 없는 일이다. 결국에 가서는 에너지가 보존이 안 될지도 모른다. 그렇게 되면 과학계는 발칵 뒤집힐 것이다. 하지만 불멸을 추구하는 필멸의 인간들은 그때에도 보존되는 다른 무엇을 반드시 찾아낼 것이다. 죽음을 피할 수 없는 필멸의 인간이 영혼이라는 불멸을 만들어냈듯이 과학자들은 사라지지 않는 그 무엇을 반드시 만들어내고야 말 것이다.

불멸

불멸,
필멸의 인간이 붙잡고 있는
애처로운 희망

원자의 불멸을 알아낸 라부아지에도
자기의 죽음은 피할 수 없었네

해도 달도 사라지고
하늘의 별들도 사라지고
원자조차도 사라지고

마침내
이 우주까지 사라져도

우리네 마음은
비울 수가 없네

아보가드로수의 비밀

과학자들은 세계를 미시세계와 거시세계로 구분한다. 미시세계는 원자 수준의 세계를 말하고 거시세계는 우리가 보고 듣고 만질 수 있는 세계를 말한다. 세상을 이렇게 구분하는 것은 그 두 세계가 다르기 때문이다. 단지 크기의 차이가 아니라 질적으로도 아주 다른 세계이다.

원자가 아닌, 사람도 그렇다. 군중은 개개의 인간이 모인 집단이지만 개개인이 가지고 있지 않은 새로운 특성이 생긴다. 따뜻한 마음을 가진 한 사람 한 사람이 모여서 이루어진 군중도 적개심으로 가득 찰 수 있는 것과 마찬가지로, 원자도 많이 모이면 독립된 원자와는 다른 특성을 보이게 된다. 이렇듯 미시세계와 거시세계는 다르다.

그렇다면 원자가 얼마나 많이 모이면 거시세계가 될까? 거시세계와 미시세계를 구분하는 숫자가 바로 아보가드로수다. 아보가드로수는 물질 1몰mole에 들어 있는 원자의 수다. 1몰은 대략 화학실험실에서 사람이 취급할 수 있는 정도의 양을 말한다. 아보가드로수는 약 6×10^{23}개다. 600,000,000,000,000,000,000,000개! 억을 넘어 조를 넘어 경을 넘어 이름도 붙일 수 없는 큰 수다. 아무튼 엄청나게 큰 수다. 원자가 이만큼 모여야 우리가 보고 느끼고 만질 수 있는 거시세계가 된다. 물 한 방울에 들어 있는 원자의 수가 대략 이와 같다. 우리가 숨을 한 번 들이마셨다가 내놓는 공기 분자의 수가 대략 이 정도다. 침을 탁 뱉었다 하면 대략 이 정도의 분자들이 날아간다.

아보가드로수가 이렇게 크다는 것은 중요한 의미가 있다. 이런 말이 있다. '오늘 아프리카의 어느 마을에서 한 아이가 눈 오줌에 있던 물 분자가, 한 달 뒤 내가 마시는 한 컵의 물 속에 들어 있다'. 그 아이의 오줌에 있는 물 분자의 수는 대략 10^{23}개일 것이고, 이 많은 분자가 증발하면, 전 지구의 대기에 섞일 것이다. 10^{23}개가 대기에 섞이면 우리나라 상공에 있는 구름 속에는 적어도 수천억 개가 있을 것이다. 그러니 그 구름에서 내린 모든 빗방울 속에는 바로 그 오줌에 있던 물 분자가 적어도 몇 개씩은 있을 것이 아닌가? 그래서 오늘 내가 물을 마신다는 것은 그 오줌을 마신다는 말이 된다.

어디 그뿐일까? 내가 한 번 들이마시는 공기 속에는 2,000년 전 예수님의 허파에 들어갔던 바로 그 공기 분자가, 적어도 수백 개에서 수천 개는 들어 있을 것이다. 기독교인이 이 사실을 안다면, 아마도 감동의 눈물을 흘릴 것이다. 그런데 같은 논리로 석가모니 부처님의 허파에 들어갔던 공기 분자도 그만큼 들어 있을 것이다. 그러면 불교도들도 같은 감동의 눈물을 흘릴 것이다. 이것이 끝은 아니다. 히틀러의 허파에 들어갔던 공기 분자도 그만큼 있다! 이제는 나치 당원들이 감동할까? 아무튼 이 모든 것은 사실이다. 아마도 내가 한 번 들이마시는 공기 속에는 지금까지 살았던 모든 인류, 크로마뇽인에서 현대인까지, 고조선에서 대한민국까지 모든 인류의 허파에 들어갔던 공기가 다 들어 있다. 인류가 마셨던 공기만이 아니다. 지금은 사라진 공룡의 허파에 들어갔던 공기도 들어 있고, 소나 돼지, 나무와 풀들이 호흡했던 공기 분자들도 다 들어 있다.

아보가드로수가 이렇게 크다는 것은 너와 내가 우리가 되는 것을 의미한다. 우리가 마주 보고 이야기를 하고 있다는 것은 너와 내가 한 몸이 된다는 것을 의미한다. 내 허파에 들어갔던 공기가 1초 후에 너의 허파 속으로 들어가고, 1분 후에 너의 핏속에 들어가고, 1시간 후에 너의 살 속에 들어간다. 나의 피와 살이 너의 피와 살이 되는 것이다. 우리가 모르고 있지만 모든 생명체는 이렇게 서로 연결되어 있다. 아프리카의 빈민촌에서 일어나고 있는 것이 남의 일이 아니라 나의 일, 내 몸의 일이기도 하다.

그러니 '네 이웃을 네 몸과 같이 사랑하라'는 말은 원자의 관점에서 보면 더욱 옳은 말이다. 아보가드로수는 너와 나를 우리로 만드는 마법의 수다.

아보가드로수

후~
들이마시는 이 숨 속에
예수님도 있고
부처님도 있고

후~
내쉬는 이 숨 속에

히틀러도 있고

이완용도 있다네

후~

들이마시는 이 숨 속에

네안데르탈인도 있고

크로마뇽인도 있고

후~

내쉬는 이 숨 속에

호랑이 오줌도 있고

다람쥐 똥도 있다네

우주가 내가 되고

내가 우주가 되는

신비의 수

아보가드로수

보이는 것의 안쪽

원자의 존재를 모르는 사람은 없을 것이다. 하지만 원자를 제대로 아는 사람은 많지 않다. 원자가 얼마나 작으냐고 물으면 누구나 원자는 어마어마하게 작다고 말한다. 그런데 그 '어마어마하게' 작다고 말하는 사람의 머릿속에 그려진 원자는 얼마나 작을까? 여러분이 작다고 생각하는 그 원자는 여러분이 생각하는 것보다 '어마어마하게' 더 작다는 것을 알아야 한다. 그렇다면 원자는 도대체 얼마나 작을까?

물 한 방울에 들어 있는 원자가 얼마나 될까? 두말할 것 없이 어마어마하게 많다고 할 것이다. 그런데 얼마나 어마어마하게 많다는 말인가? 빗방울 하나에 들어 있는 원자의 수와 해운대 백사장에 있는 모래의 수를 비교하면 어떨까?

모래 한 줌을 손에 잡고 주르륵 흘려보자. 한 줌에 있는 모래알도 몇백 개는 넘을 것이다. 그런 모래가 길게 펼쳐진 백사장을 생각해보자. 그 백사장에 있는 모래알 수가 얼마나 될까? 몇만, 몇억이 아니라 정말 말로 표현할 수 없이 많을 것이다. 그 모래알의 수와 빗방울 하나에 있는 원자의 수를 비교하면 어느 것이 더 많을까?

만약 여러분 중에 누가 물 한 방울에 들어 있는 원자의 수가 더 많을 것이라고 대답한다면 그분은 신통력을 가졌거나 숫자에 대한 감각이 아주 부족한 사람임이 틀림없다. 필자가 계산해본 바에 따르면, 모래 알갱이의 지름을 약 1밀리미터라고 가정하고, 해수욕장의 길이를 1킬로미터, 폭이 100미터, 모래 깊이를 10미터라고 하면 그런 해수욕장에 있는 모래의 수는 약 1경 개가 된다. 1경은 10^{16}개, 즉 10,000,000,000,000,000개다.

그러면 물 한 방울에 있는 원자는 몇 개가 될까? 계산 결과에 따르면 약 10^{22}개나 된다. 해운대 해수욕장 100만 개에 있는 모래알 수와 맞먹는다. 해수욕장 100만 개? 우리나라 해수욕장은 다 합쳐도 몇백 개밖에 안 될 것이다. 지구에 있는 모든 해수욕장을 다 합쳐도 100만 개가 될까? 강릉 경포대 해수욕장, 와이키키 해수욕장, 나일강 변, 인도의 갠지스강 변의 모래알, 아프리카 사하라 사막의 모래알, 지리산 뱀사골 개울가의 모래알 등 지구의 모든 모래알을 다 합치면 물 한 방울에 있는 원자만큼 될까?

다른 방법으로 계산을 해보자. 물 한 방울에 있는 원자 수만큼 돈을 쌓으면 그 높이가 얼마나 될까? 돈을 100장 쌓으면 약 1센티미터가 된다고 하자. 그러면 돈 10^{22}장을 쌓으면 그 높이는 10^{20}센티미터가 된다. 1미터가 100센티미터이므로 돈의 높이가 10^{18}미터가 된다. 이것은 10^{15}킬로미터이다. 물 한 방울에 있는 원자 수만큼 돈을 쌓으면 태양까지(태양까지는 약 1억 5,000만 킬로미터, 약 10^{8}킬로미터) 1,000만 번 왕복할 수 있는 높이가 된다. 100번도 아니고 만 번도 아니고 100만 번도 아니고 1,000만 번 말이다.

여러분은 상상이 가는가? 원자가 얼마나 작은지? 여러분들이 원자를 아무리 작다고 생각해도 실제 원자는 여러분이 생각하는 그 작음보다 어마어마하게 작다. 원자가 이렇게 작다 보니 원자가 하는 행동이 우리가 일상에서 경험하는 돌멩이나 축구공과는 전혀 다르다. 우리가 일상에서 경험하는 물체들은 모두 어떤 모양, 크기, 색깔이 있다. 또 만져보면 매끈매끈하거나 까칠까칠하거나 어떤 촉감이 있다.

원자들도 그럴까? 수소 원자는 매끄럽고 산소 원자는 까칠할까? 탄소는 까맣고 질소는 파랄까? 우리가 보는 모든 물체는 뜨겁고 차가운 정도를 나타내는 온도가 있다. 원자도 온도가 있을까? 원자 세계에 들어가면 모양, 색깔, 촉감, 온도 등은 없어진다. 그런 개념 자체가 존재하지 않기 때문이다.

모양도 색깔도 감촉도 없는 원자, 그런 원자를 상상하는 것은 쉬운 일이 아니다. 우리는 모양, 색깔, 질감, 온도가 있는 물체만 경험하면서 살아왔기 때문에 그런 특성이 없는 대상을 상상하는 것이 거의 불가능하다.

물체는 표면이 매끄러운 것도 있고 거친 것도 있다. 이 매끄럽고 거친 것은 원자 개개의 특성이 아니라 수많은 원자가 합동하여 만들어낸 특성이다. 물은 온도가 낮을 때는 얼음이었다가 온도가 올라가면 수증기가 된다. 물 분자는 우리가 잘 아는 것과 같이 H_2O이다. 얼음 분자도 H_2O이고 수증기 분자도 H_2O이다. 하지만 얼음은 단단하고, 물은 물렁물렁하고, 수증기는 보이지도 않는다. 이 단단하고 물렁물렁한 성질이 H_2O의 성질이겠는가? 아니다. 수많은 H_2O가 모여서 단단해지기도 하고 물렁물렁해지기도 한다.

온순한 군중들이 모여서 난폭한 행동을 하는 경우도 있고, 난폭한 개개인이 모여서 온순한 군중이 되기도 한다. 이처럼 개개로 있을 때와 무리 지어 있을 때의 특성이 달라진다. 여기 돌멩이가 하나 있다고 하자. 색이 하얗고 단단하다. 그렇다고 돌멩이를 이루는 원자도 하얗거나 단단한 것은 아니다.

원자를 볼 수도 만질 수도 없으므로 원자 하나하나의 특성을 알지 못하고 원자들이 무리 지어 있는 물체의 특성만 경험하게 된다. 마치 군중들의 모습만 보고 각 사람의 모습을 보지 못하는 것과 같다. 군중의 난폭함이 개개인의 난폭함이 아니듯이, 물체의 특성이 원자의 특성은 아니다.

색도, 질감도, 온도도 없는 원자. 여러분은 그런 원자가 궁금하지 않은가? 만져보고 싶지 않은가? 과학자들은 이런 원자를 설레는 마음으로 찾아가고 있다. 보이는 것은 보이지 않는 것들에게서 온다. 보이는 것은 허상이요, 보이지 않는 것이 실상이다. 보이지 않는 원자, 하지만 모든 보이는 것을 가능케 하는 것이 바로 원자다.

도둑처럼

시침과 분침은

보지 않을 때만 돌고
낮의 해도 밤의 달도
보지 않을 때만 간다

히말라야 산도
보지 않을 때만 솟아오르고
인도 대륙도 1억 5,000만 년 동안
저 남쪽 아프리카에서 네팔까지
보이지 않게 올라왔다

부동의 자세로 웃고 있는 김일성 동銅상
구리銅 원자들 인민들 몰래 떨고 있다•

원자들,
도둑처럼
몰래 세상을 움직이고 있다

• 김상욱, 『떨림과 울림』

필멸의 존재

그리스의 위대한 서사시 「일리아스Ilias」와 「오디세이아Odysseia」에서 호메로스는 인간을 필멸mortal의 존재로, 신을 불멸immortal의 존재로 묘사하고 있다. 인류 최초의 서사시로 알려진 「길가메시 서사시Gilgamesh Epoth」도 불멸을 추구하는 인간이 필멸을 받아들일 수밖에 없는 숙명을 노래한 것이기도 하다. 모든 존재는 태어남이 있고 그다음에는 죽음이 있다. 존재의 전부인 이 우주도 태어남이 있고 죽음이 있다. 이것이 현대 과학이 도달한 위대한 깨달음 중의 하나이다.

태어남이 있으면 반드시 죽음이 따르기 마련이다. 이 태어남과 죽음 사이의 시간을 수명이라고 부른다. 인간의 수명을 단순히 표현하여 100년이라고 하자. 이 100년은 시간을 판단하는 기준이 된다. 이 100년을 기준으로 수명이 길다 또는 짧다고 판단하는 것이다.

대부분 동물의 수명은 인간보다 짧다. 학이 1,000년을 산다고 하지만 학의 실제 수명은 50년도 못 된다고 한다. 인간보다 오래 사는 동물로는 거북(150년), 북극고래(200년), 대양백합 조개(500년) 등이 있기는 하지만 대부분 동물은 인간보다 오래 살지 못한다.

이제 생물에서 무생물로 넘어가보자. 무생물이 무슨 수명이 있느냐고 생각할는지 모른다. 하지만 무생물도 수명이 있다. 방사성 물질의 반감기에 대해서 들어봤을 것이다. 원자탄이 무서운 것은 폭발력 때문만은 아니다. 폭발로 발생하는 방사능이 더 무섭기 때문이다. 방사성 물질은 수명이 있다. 이것을 과학에서는 반감기라고 한다. 반감기란 그 물질이 반으로 줄어드는 데 걸리는 시간을 말한다. 반감기가 왜 수명이냐고? 그것은 다음 기회에 설명하기로 하고 반감기를 그냥 수명이라고 생각하자. 핵실험 후에 발생하는 요오드는 반감기가 약 1주일이지만, 세슘의 반감기는 30년이나 된다.

한편, 소립자의 수명은 천차만별이다. 소립자들의 수명은 대부분 매우 짧지만(10^{-10}초) 우주의 나이(138억 년)보다 긴 것도 있다. 원자의 핵을 만드는 입자인 양성자의 수명은 무려

10^{34}년이나 된다. 우주의 나이가 약 10^{10}년인데 양성자의 수명은 이것의 1조의 1조 배나 더 길다. 우리가 사용하는 물건들이 사라지지 않고 그대로 있는 것은 바로 이 양성자의 수명이 이렇게 길기 때문이다. 양성자가 붕괴하여 없어진다면 우리가 보는 모든 물건은 물론 내 몸도 사라지고 없어진다. 물론 그렇게 되려면 우주가 끝날 때까지 기다려야 하겠지만 말이다.

영원히 죽지 않는다고 생각되는 빛조차도 결국은 영원하지는 않을 것이다. 아직 우리가 알지는 못하지만, 이 우주조차도 언젠가는 소멸할 것이다. 이 세상은 찰나를 살다가 죽는 소립자 같은 존재가 있는 반면, 영원히 존재할 것처럼 오래 사는 존재도 있다. 하지만 이들도 언젠가는 모두 죽음을 맞이할 운명을 타고났다.

하루살이의 일생을 덧없다고 할지 모른다. 하지만 그것은 우리의 생각이고 하루살이의 생각은 다를 것이다. 어떤 학자가 계산한 바에 따르면, 수억 분의 일 초밖에 살지 못하는 소립자가 다른 소립자와 나누는 상호 작용의 횟수를 계산한 결과 한 인간이 평생 만나는 사람 수보다 많았다고 한다. 찰나를 살다 가는 이 소립자의 일생이 그렇게 간단한 것은 아니다. 하루살이의 일생도 우리 인생 못지않게 파란만장하다.

현대인들의 가장 큰 관심사 중의 하나는 어떻게 죽지 않고 오래 사느냐 하는 것일지도 모른다. 의료 기술이 발달하면서 인간의 수명은 기하급수적으로 늘어났다. 아마도 조만간 인간의 평균 수명은 100세를 넘길 것이다. 조금 더 지나면 아마도 죽지 않는 세상이 올지도 모른다. 하지만 시간의 단위를 우주적 시간으로 넓혀보면 죽지 않는 존재란 존재하지 않는다. 왜 이 우주의 모든 존재는 생겨났다가 사라지는 것일까? 아무도 그 답을 모른다.

필자는 이런 상상을 해본다. 원래 이 우주는 아무것도 없는 공空의 상태였다. 아무것도 없는 상태가 이 우주의 본래 모습이자 자연스러운 모습이었다. 공인 상태야말로 우주가 가장 평화로운 상태가 아닌가 생각한다. 그런데 아무것도 없던 우주에 빅뱅이라는 우주적 대폭발이 일어났다. 한없이 평화롭던 우주에 일대 혼란이 일어난 것이다. 그 후 평화롭던 우주는 혼란과 갈등 속에 있게 되었다.

하지만 이 우주는 다시 원래의 모습으로 돌아가야 한다. 원래의 모습으로 돌아간다는 것은 무의 상태로 간다는 말이다. 그러기 위해서는 불가피하게, 생긴 것이 사라져야 하는 것이 아닐까? 그것이 바로 죽음이 아닐까? 이렇게 보면 죽음은 나쁜 것이 아니라 혼란과 갈등과 고통의 시간을 멈추고 우주적 평화의 상태로 들어가는 것이라는 생각이 든다.

이 우주의 모든 것은 결국 사라진다. 불멸, 그것은 필멸의 인간이 갈망하는 부질없는 희망이다.

죽음이 있기에

저 밝은 태양도
저 환한 달빛도

죽음이 있기에
낮과 밤이 저렇게 찬란한 것

참을 수 없는 고통도
미칠 것 같은 기쁨도

죽음이 있기에
인생이 저렇게 아름다운 것

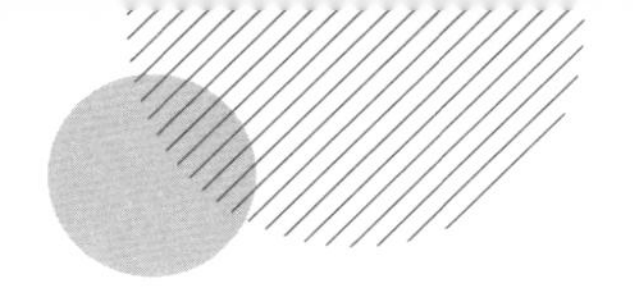

신들도 질투하는

죽음,

아름다움과 환희

파란만장 인생과 광대무변 우주

모든 존재의 의미들

죽음이 있기에

원자의 모양

사람들은 제각기 얼굴이 다르고 체격이 다르다. 산도 모양이 있고, 강도 모양이 있다. 마찬가지로 물체도 다 모양이 있다. 세모건 네모건 동그랗건, 어떤 모양이건 모양이 없는 것이 있을까? 모든 만물이 모양이 있듯이 원자들도 모양이 있을 것이다. 산소나 수소처럼 원자들도 다양하니 원자들의 모양도 다양할 것이다.

그런데 지금 우리가 알고 있는 수소나 산소와 같은 원자가 아니라 데모크리토스가 말한 '더는 쪼갤 수 없는 알갱이'를 원자라고 한다면 그 원자는 어떤 모양일까?

원자의 모양에 대해서 여러분이 할 수 있는 최대한의 상상력을 발휘해보라. 납작한 원자, 길쭉한 원자, 동그란 원자, 상자 모양 원자, 울퉁불퉁한 원자, 삐죽삐죽한 원자……. 마음대로 상상해보자. 여러분은 어떤 모양이 원자에 가장 어울리는 모양이라고 생각하는가? 두말할 것 없이 공 모양으로 동그란 것이 가장 그럴듯해 보일 것이다. 그렇다. 그리스 시대부터 지금까지 거의 모든 학자는 원자가 있다면 동그랗게 생겼을 것으로 생각했던 것 같다.

그도 그럴 것이 납작하다면 어느 쪽으로 납작해야 한단 말인가? 길쭉하다면 어느 쪽으로 길쭉해야 한단 말인가? 가장 공평한 것이 둥근 모양이다. 태양도, 달도, 지구도 둥글다. 둥근 모양이 모양 중에서 가장 이상적인 모양처럼 보인다. 그리스 시대의 철학자들도 원이 가장 완전한 모양이라고 생각했다. 천상의 세계는 완전하기 때문에 모든 천체는 원운동을 한다고 생각했다. 그러니 세상에서 가장 근본적인 알갱이인 원자도 둥글 것이라고 생각하는 것은 너무나 당연하다.

물리학자들은 수소나 산소가 데모크리토스가 말한 그 원자가 아니라는 것을 일찍이 알고 있었다. 지금의 원자는 더 쪼갤 수 없는 입자가 아니다. 원자를 더 자세히 들여다보면 원자핵과 전자로 이루어져 있다. 원자핵은 양성자와 중성자로 이루어져 있다. 양성자와 중성자는 쿼크로 이루어져 있다. 그러면 이 쿼크는 어떤 모양일까? 지금까지 물리학자들은 양성자, 중성자는 물론 쿼크도 막연하게 동그랗게 생겼을 것으로 생각했던 것 같다. 아니, 모양에 대해서는 별로 관심을 두지 않았을지 모른다. 그냥 '작은 것' 정도로 생각하지 않았을까?

쿼크의 모양이 동그랗다면 그 크기는 얼마일까? 아직 보지 못했으니 크기도 모른다. 모르긴 몰라도 원자가 유한한 크기를 가져야 한다는 것은 그 옛날 데모크리토스가 이미 예견했다. 원자가 무한히 작다면 무한히 작은 것을 아무리 더해도 무한히 작을 수밖에 없기 때문이다. 0을 아무리 더해도 0인 것과 같이 말이다. 따라서 원자의 크기도 있어야 한다. 매우 작기는 하지만 0은 아니어야 한다.

유한한 크기를 갖는 원자이기 때문에 반드시 모양이 있어야 한다. 그 모양을 지금까지 막연하게 둥근 것으로 생각했다. 하지만 최근 들어 원자에 대한 끈 이론이 등장하면서 데모크리토스가 말한 그 원자가 동그랗게 생긴 것이 아니라 실 같은 끈 모양이라는 주장이 나왔다. 이 끈은 그냥 가만히 있는 끈이 아니라 엄청나게 심한 진동을 하는 끈이다. 끈이 진동하는 방식에 따라 쿼크도 되고, 전자도 되고, 광자도 되고 온갖 소립자들이 된다는 주장이다. 끈의 진동이 격렬할수록 질량이 큰 입자가 되고, 진동하는 방식에 따라 +전기를 띨 수도 있고 -전기를 띨 수도 있다는 것이 바로 끈 이론이다.

아직 이 끈의 길이가 얼마인지, 굵기가 있는지 없는지 알 수는 없다. 굵기가 있다고 해도 그 굵기를 측정할 수 있을지 알 수 없다. 끈 이론에 따르면 이 끈의 길이는 플랑크 길이(플랑크 길이는 존재하는 가장 짧은 길이로 10^{-35}미터이다) 정도라고 한다. 그러니 그 길이나 굵기를 측정하는 것은 아무리 측정 기술이 발전한다고 해도 불가능한 일이다. 그래서 끈 이론은 아직 그냥 이론일 뿐이지 실험으로 증명된 것은 아니다.

그리고 더 궁금한 것은 이 끈은 무엇으로 되어 있느냐 하는 것이다. 끈이 물질이라면 그것이 어떤 물질이란 말인가? 끈은 물질이 아니라 전기장이나 중력장과 같은 비물질적인 어떤 것일지도 모른다.

본질에 접근하면 할수록 무언가 잡힐 듯 잡히지 않는다. 우리가 보고 만지는 이 짜릿짜릿하게 분명한 사물들을 더 잘 알기 위해서 파고 들어가면 갈수록 모호해진다. 사람을 사귈 때도, 처음에는 다 알았던 것 같은데 더 깊이 사귀어보면 더 모호해진다. 원자도 그런 것 같다. 그 옛날 데모크리토스가 예언했던 원자는 아직도 그 모습을 드러내 보이지 않고 있다. 아마도 영원히 그 모습을 드러내지 않을지도 모를 일이다.

수군수군

베일에 가려진 신부처럼
원자는 부끄러움을 탄다

데모크리토스 이래

원자가 타는 이 부끄러움 때문에
사람들은 수군거리기 시작했다

정말 원자가 있을까?
어떻게 생겼을까?
공처럼 생겼을 거야
글쎄, 정말 공처럼 생겼을까?

끈일지도 몰라
춤추는 끈 말이야
글쎄, 정말 끈일까?

혹시 막은 아닐까?

비눗방울의 막처럼

진동하는 막 말이야

사람들의 수군거림은

아직 끝나지 않았다

이기적 원자

리처드 도킨스Clinton Richard Dawkins가 쓴 『이기적 유전자The Selfish Gene』라는 책은 일반 대중에게 찰스 다윈Charles Robert Darwin의 진화론을 전파하는 전도사 역할을 충분히 했고, 지금도 하고 있다. 다윈의 진화론은, 효과적으로 살아남은 유전자는 유지되거나 증가하고 그렇지 못한 유전자는 결국 사라지게 된다는 이론이다. 진화의 핵심은 유전자라는 말이다.

나는 비슷한 생각을 무생물에 적용해보기를 좋아한다. 생명체가 결국 더 확실하게 존재하는 모습으로 진화해왔듯이 무생물인 물질도 이 우주에서 자기의 존재를 더 확실하게 만드는 방식으로 진화해왔으리라는 것이 내 생각이다.

이 우주의 거의 대부분은 무생물이다. 사실 생물도 무생물인 물질로 이루어져 있으니 우주 전부가 무생물이라고 해도 과언이 아니다. 무생물인 물질은 모두 원자로 이루어져 있다. 하지만 우주가 처음부터 원자로 이루어져 있었던 것은 아니다. 빅뱅으로 우주가 창조되었지만 창조의 순간은 빛(에너지)뿐이었고, 다음에 소립자들이 생겨나고 그다음에 수소와 헬륨 같은 가벼운 원소가 생겨나고, 그다음에 무거운 원소들이 태어났다.

빛은 물질이 아니니 질량도 없다. 그러니 그것을 존재한다고 해야 할지 잘 모르겠다. 소립자들은 질량을 가진 것들이니 존재한다고 해야 할 것 같기는 한데, 볼 수도 없고 만질 수도 없고, 잠시 있다가 사라지는 것이니 우리가 항상 보는 존재와는 거리가 멀다.

소립자들이 모여 핵과 전자로 이루어진 원자가 되면서 겨우 존재하는 모습을 갖추게 되었다. 그리고 이 우주의 모든 것, 땅과 바다, 산과 들, 그리고 하늘의 모든 별은 모두 원자로 이루어져 있다. 원자는 소립자들과는 달리 매우 견고한 존재다. 진화의 관점에서 본다면 우주에서 원자의 탄생은 자연에서 생명체의 탄생에 비견되는 사건이 아닐 수 없다.

원자들이 모여 분자가 된다. 아미노산과 같은 고분자 물질이 무생물인지 생물인지 구별이 안 되는 바이러스가 되고, 이들이 다시 박테리아와 같은 미생물이 되고, 이들이 다시 아메바와 같은 원시 생명을 거쳐 지금의 인간이 탄생하기까지 장구한 세월을 거쳐 진화를 거듭해왔는데, 그 핵심 역할을 유전자가 하고 있다.

마찬가지로 빅뱅에서 수많은 별과 그 수많은 은하가 만들어지기까지 우주의 진화 과정에서 핵심적인 역할을 한 것이 바로 원자다. 원자가 탄생함으로써 비로소 이 우주에 존재라는 것의 모습을 드러낸 것이다.

여기에서 '존재'한다는 말이 무슨 말인지 생각해보자. 무엇이 존재한다는 것은 시공간 속에 그것이 지속한다는 것을 의미하는 것이 아닐까? 어느 순간 있다가 다음 순간 없어진다면 그것을 존재한다고 말할 수 있을까? 그래, 그 순간만은 존재했다고 하자. 하지만 그 존재가 존재로서의 가치가 있을까? 그러한 존재를 존재한다고 우길 수는 있을지 몰라도 존재로 대접받기는 어려울 것이다.

현대의 양자역학에 따르면 소립자가 홀로 있을 때는 그 소립자가 여기 있다 저기 있다고 말할 수 없다. 그냥 공간에 편재되어 있는 것이다. 그렇다면 소립자는 존재할지는 몰라도 존재로 대접받기는 쉽지 않다. 하지만 이 소립자들이 여럿 모여서 한 덩어리가 되면 그것의 위치는 분명해지고, 덩어리가 크게 되면 아주 분명한 존재로 자리매김하게 된다. 작은 돌멩이는 이리저리 굴러다니지만 큰 바위는 수천 년 동안 한자리를 지킨다. 조약돌과 비교하면 바위는 얼마나 믿음직스러운 존재인가? 존재라고 다 같은 존재가 아니다.

소립자들은 원자가 됨으로써 비로소 존재의 모습을 갖게 되었다. 그런데 원자가 존재이기는 해도 바위처럼 굳건한 존재는 아니다. 원자들이 모여서 분자가 되면 좀 더 확실한 존재가 된다. 화학반응이란 원자들 간의 이합집산을 의미하는 것인데, 이 화학반응을 통해서 새로운 분자들이 지속적으로 만들어지고 있다. 하지만 아무리 수많은 화학반응이 일어난다고 해도 원자는 없어지지도 새로 생기지도 않는다. 폭탄이 폭발하거나 석유가 타서 없어져도 그것을 이루고 있던 원자는 절대로 없어지지 않는다.

이 우주는 말할 것도 없고 이 지구에서도 많은 물질이 변화를 거듭하고 있다. 화학반응이 그 변화의 주역인데, 아무리 화학반응이 여러 번 일어나도 원자들은 변하지 않는다. 생물이 진화를 거듭해도 생물 자체는 태어나고 없어지지만, 유전자는 변하지 않고 후대에 전달되는 것과 마찬가지다.

생명의 진화가 유전자의 존재를 지속하기 위함이라면 우주의 진화는 원자가 그 존재의 모습을 지속하기 위함이 아닐까? 유전자가 이기적이라면 원자는 더 이기적이다. 우주의 진화는 알고 보면 자기 존재를 더 존재답게 하기 위한 이기적 원자의 농간이 아닐까? 생명의 진화가 이기적 유전자의 농간이듯이.

개불알꽃*

추운 겨울 지나고
화창한 봄날 양지바른 곳
개불알꽃이 피었네

안개처럼 피었다가
안개처럼 사라지는

개 불알 같은
개불알꽃

* 공식 명칭은 개불알풀이라고 한다.

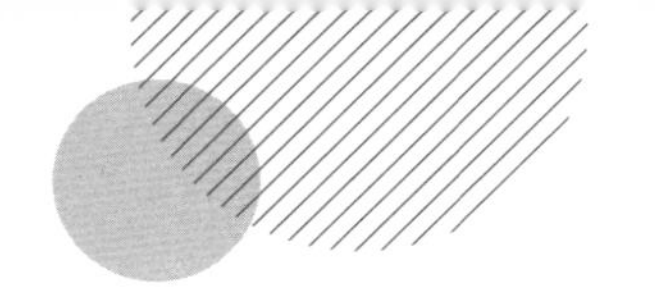

개불알꽃 안개처럼 사라져도

슬퍼하지 말게나

개불알꽃 속에

개불알 원자들

세상 끝 날까지

개불알 개불알

버틸 것이니

맥스웰의 도깨비

악마나 귀신은 말할 것도 없고 신도 물리학에 설 자리는 없다. 그런데도 신에 대해서 많이 말하는 곳이 물리학이기도 하다. 어떤 면에서는 물리학에서 신을 더 많이 말하고 있는 것 같기도 하다. 물리학은 물질세계를 다루는 학문이다. 실제로 존재하는 것에 대한 학문이다. 하지만 물리학자들의 머릿속에는 존재하지 않는 것들이 가득하다. 신도 그중의 하나다.

아인슈타인이 "신은 주사위 놀이를 하지 않는다"라고 말했는데 이것도 신의 존재를 염두에 둔 말이다. 물리학이 말하는 자연의 법칙은 다른 말로 신의 섭리로 받아들여지기도 한다. 어떤 경우에는 현상을 설명하기 위한 수단으로 신을 도입하기도 한다. 맥스웰의 도깨비Maxwell's demon도 그중의 하나일 것이다.

제임스 맥스웰James Clerk Maxwell은 전자기 이론을 집대성한 물리학자이지만 기체분자의 운동에 대해서도 탁월한 업적을 남긴 인물이다. 기체분자는 정말 중구난방으로 운동한다. 이쪽으로 가는 놈이 있는가 하면 저쪽으로 가는 놈도 있고, 빠르게 달리는 놈이 있는가 하면 느리게 가는 놈도 있다.

이 중구난방인 공기분자를 길들여서 빠른 놈은 오른쪽으로, 느린 놈은 왼쪽으로 모이게 하는 것이 가능할까? 공기분자를 길들이다니! 그게 어디 말귀를 알아듣는 놈이란 말인가? 물론 공기분자가 말귀를 알아들을 리도 없고, 듣는다고 해도 그 말대로 따라줄 놈은 더욱 아니다.

그런데도 물리학자들은 참으로 쓸데없는 생각만 하는 사람들이어서 공기분자를 길들이는 방법을 찾기도 한다. 정확히 말하면 길들인다기보다는 골라낸다는 말이 더 적합할 것이다. 빠른 놈만 골라서 통과시키는 방법 말이다. 그 방법으로 맥스웰은 도깨비를 등장시킨 것이다.

공기가 들어 있는 상자의 중앙에 칸막이를 설치하고, 도깨비를 문지기로 세우는 것이다. 이 문지기는 무한히 영리하고 무한히 민첩해서(도깨비니까!) 빠르게 운동하는 놈이 문에 오면 문을 열어서 통과시키고, 느리게 운동하는 놈이 오면 통과시키지 않는다. 그게 어떻게 가능하냐고? 도깨비니까! 그런 도깨비가 어디 있냐고? 물론 없다. 그래서 가상적인 사고실험이라고 한다.

그런 도깨비가 있다면 어떻게 될까? 한쪽에는 빠르게 운동하는 분자들, 다른 쪽에는 느리게 운동하는 분자들이 모이게 될 것이다. 열역학에서 온도가 높은 것은 분자들이 빠르게 운동하는 상태이고 온도가 낮은 것은 분자들이 느리게 운동하는 상태다. 따라서 오른쪽은 온도가 높고 왼쪽은 온도가 낮은 상태다. 그리고 이 도깨비가 계속 문지기 역할을 하면 오른쪽은 점점 온도가 높아지고 왼쪽은 점점 온도가 낮아질 것이다.

맥스웰의 도깨비만 있다면 난로도 필요 없고, 냉장고도 필요 없다. 도깨비에게 시키기만 하면 된다. 난방비 걱정, 전기료 걱정은 하지 않아도 될 것이다. 그런데 그런 도깨비는 없다. 없는 도깨비를 만들어서 무슨 헛소리냐고?

맥스웰 같은 위대한 물리학자가 고작 헛소리나 하고 있는 것은 아니다. 맥스웰의 도깨비가 있다고 해도 물리학의 모든 법칙은 그대로 성립하기 때문이다. 분자들이 어떻게 분포하고 있건 그 분자들의 전체 에너지는 변함이 없다. 즉, 도깨비가 그런 짓을 해도 에너지보존법칙을 위배하지 않는다. 물리법칙을 위배하지 않는다면 실제로 일어나기도 해야 하기 때문이다.

자연 상태에서 뜨거운 물체는 식기 마련이다. 차가운 물체를 가만히 두었을 때 점점 뜨거워지는 일은 일어나지 않는다. 한쪽에 빠르게 운동하는 분자들, 다른 쪽에 느리게 운동하는 분자들을 이웃에 두면 서로 뒤섞이게 된다. 뒤섞여 있는 분자들을 가만히 둔다고 한쪽에는 빠른 놈, 다른 쪽에는 느린 놈들이 모이는 일은 일어나지 않는다. 그런 일이 일어나도 에너지보존법칙을 위배하지는 않지만, 그래도 그런 일은 일어나지 않는다. 그렇다면 에너지 보존법칙에 더하여 다른 물리법칙이 있어야 한다.

그 새로운 법칙이 바로 엔트로피entropy의 법칙이라고 하는 열역학 제2법칙이다. 자연은 점점 무질서한 상태로 진행하고 있다는 것이다. 결국 이 우주는 완전한 무질서의 상태에 도달하게 될 것이라는 암울한 법칙이기도 하다. 엔트로피가 맥스웰의 도깨비를 잡아먹어 버렸다.

졸고 있는 도깨비

도깨비가 졸지도 않는다면

뜨거운 것은 더 뜨거워지고
차가운 것은 더 차가워지고

부자는 더 부자 되고
가난뱅이는 더 가난뱅이 되고

맥스웰의 도깨비는
깨어 있을 때보다 졸고 있을 때가 많아서

뜨거운 것은 차가워지고
차가운 것은 따뜻해지고

부자가 언제나 부자이지 않고
가난뱅이가 언제나 가난뱅이이지 않고

모두가 살 만한 세상이 되는 것이다

도깨비여,

맥스웰의 도깨비여

부디 자주 졸기를

아주 깨어나지 않기를

분자들의 여관방

내가 잘 아는 한 사람은 키가 매우 작다. 어릴 때는 키 큰 아이들 바짓가랑이를 붙잡고 싸웠다고 했다. 그런 그가 자기 음반을 내고, 대학 총장과 장관을 지냈다. 지금은 나보다 훨씬 큰 아파트에 살고 있다. 키가 작다고 이 사회에서 그가 차지하는 공간도 작아야 하는 것은 아니다.

사람만 그런 것이 아니다. 물질을 이루고 있는 분자들도 마찬가지다. 원자들이 결합하여 분자가 되고 분자들이 모여서 우리가 보고 만지는 모든 만물이 된다. 분자들이 각각 독립적으로 돌아다니는 것이 기체고, 서로 얽혀 있는 것이 액체고, 아주 강하게 얽혀 있는 것이 고체다. 고체를 가열하면 액체가 되고 액체를 가열하면 기체가 된다. 이것이 우리가 날마다 경험하는 물질의 세계다.

세상에 다양한 물질이 있는 것은 그만큼 다양한 분자들이 있기 때문이다. 수소, 산소, 질소, 이산화탄소 등 수많은 물질이 존재하고 각 물질은 각기 다른 분자들로 구성되어 있다. 분자마다 크기와 성질이 제각기 다르다. 그래서 다양한 성질을 가진 물질이 존재한다.

공기는 산소, 질소, 이산화탄소 등 다양한 분자들의 집합이다. 공기 22.4리터 속에는 아보가드로수만큼의 분자가 들어 있다. 아보가드로수는 대략 6×10^{23}개다. 산소기체 22.4리터에 이만큼의 산소 분자가 들어 있고, 이산화탄소 22.4리터에도 이만큼의 이산화탄소 분자가 들어 있다. 산소(O_2)는 산소 원자 두 개로 이루어져 있고, 이산화탄소(CO_2)는 탄소 원자 한 개와 산소 원자 두 개로 이루어져 있다. 당연히 이산화탄소 분자가 산소 분자보다 크기도 크고 무겁기도 더 무겁다. 그런데 같은 부피에 들어갈 수 있는 산소 분자의 수나 이산화탄소 분자의 수는 같다고 한다.

상자에 물건을 넣어도 작은 물건은 많이 넣을 수 있고, 큰 물건은 조금밖에 넣을 수 없다. 너무나 당연한 일이다. 마찬가지로 분자도 크기가 작으면 많이 들어가고 크면 적게 들어가야 할 것 같다. 하지만 분자는 크나 작으나 마찬가지라고 한다. 상식적으로 이해가 되지 않는다.

이런 경우는 어떤가? 방이 100개 있는 호텔을 생각하자. 이 호텔에 투숙할 수 있는 손님의 수는 100명일 것이다. 부부가 들어가는 것을 가정하면 100쌍일 것이다. 호텔에서 손님을 받을 때, 손님의 덩치가 큰지 작은지를 문제 삼는가? 덩치가 크면 80쌍만 받고 작으면 120쌍을 받는 호텔이 있던가? 손님의 키나 몸무게와 관계없이 한 방에는 한 쌍의 손님만 들어갈 수 있다. 분자들도 마찬가지다. 분자가 크거나 작거나 같은 부피에는 같은 수의 분자들이 들어간다. 이것이 바로 아보가드로의 법칙Avogadro's law이다.

그런데 이상하다. 사람이야 부부도 있고 남남도 있어서 그렇다 치더라도 분자들이 무슨 사람인가? 생각도 없는 분자들이 무슨 여관방 들어가듯 공간을 차지한단 말인가? 그렇다. 참 이상한 일이다. 그래서 아보가드로가 유명한 것이다. 당연한 것을 말했으면 그렇게 유명해졌겠는가? 당연하지 않은 것을 당연한 것으로 만들었기 때문에 유명하고, '아보가드로의 법칙'이라는 이름까지 붙여주었다.

우리가 이해하기는 어렵지만, 이 세상은 아날로그 세상이 아니라 디지털 세상이다. 디지털이란 불연속적인 숫자들을 의미하는데, 양자역학에서 말하는 양자가 바로 디지털이다. 디지털의 한 디지트는 모두가 동일하다. 분자들 각각은 공간에서 모두 한 디지트일 뿐이다. 그것이 크건 작건, 무겁건 가볍건 말이다. 사람도 각각 한 디지트다. 키가 크건 작건, 몸이 무겁건 가볍건, 돈이 많건 적건, 지위가 높건 낮건, 각 사람은 모두 이 세상에서 똑같은 한 디지트다. 모든 사람이 한 개의 주민등록번호를 갖고 한 장의 투표권을 갖는다.

분자들도 그렇다. 모든 분자는 동일한 공간을 차지한다. 그것이 크건 작건, 무겁건 가볍건 구별하지 않는다. 여기 산소 1리터가 들어 있는 상자가 있다고 하자. 그리고 다른 1리터인 상자에는 수소가 들어 있다고 하자. 두 상자의 온도가 같다면 두 상자의 압력도 같다. 압력이란 공기 분자가 상자의 벽을 때리는 세기다. 산소 분자가 상자의 벽을 때리는 세기나 수소 분자가 벽을 때리는 세기가 같다는 말이다. 그런데 산소는 무겁고 수소는 가볍다. 두 상자에 들어 있는 분자의 수가 같다고 했으니 상자의 면을 때리는 분자의 수도 같을 것이다. 1초에 산소 10개가 벽면을 때린다면 수소도 10개가 때릴 것이다. 산소는 무겁고 수소는 가볍다. 만약 산소와 수소가 같은 속력으로 벽을 때린다면 당연히 더 무거운 산소가 때릴 때가 가벼운 수소가 때릴 때보다 더 아플 것이다. 그런데 산소와 수소가 벽을 때리는 '세기(압력)'가 같다. 어떻게 그럴 수 있을까? 가벼운 것이 무거운 것과 같은 효과를 내기 위해서는 때리는 속도를 더 빠르게 할 수밖에 없다. 실제로 온도가 같을 때 수소가 산소보다 더 빠르게 운동한다. 산소는 무겁지만 느리게, 수소는 가볍지만 빠르게 벽을 때리기 때문에 벽에 가하는 압력은 같은 것이다.

대기는 분자들의 여관방이다. 그 여관방에는 종류와 관계없이 한 방에 한 분자만 들어간다. 분자의 크기나 질량을 따지지 않는다. 여관방이 손님의 키나 몸무게를 따지지 않듯이 분자들의 여관방도 마찬가지다.

하지만 인간들의 여관방인 고급 호텔에는 아무나 들어갈 수 없다. 돈이 있어야 하고 사회적 지위도 높아야 할지 모른다. 인간들의 여관방에는 차별이 있다. 하지만 분자들의 여관방은 출신 성분을 따지지 않는다. 인간들의 여관방과는 달리 아무런 차별이 없다. 자연은 인간보다 더 공평하다.

자연에서 배워야 할 것이 한둘이 아니다.

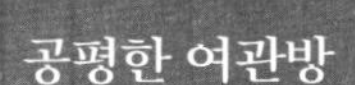

공평한 여관방

우리 여관으로 오세요

뚱보도 좋아요

홀쭉이도 좋아요

부자도 좋아요

거지도 좋아요

높은 분도 좋아요

낮은 분도 좋아요

우리 여관으로 오세요

아무나 오세요

1인 1실이에요

엔트로피

물은 높은 곳에서 낮은 곳으로 흐른다. 너무나 당연하다. 하지만 물이 낮은 곳에서 높은 곳으로 흐르면 왜 안 되는 걸까? 달걀을 오래 두면 썩는다. 하지만 썩은 달걀을 오래 둔다고 다시 신선한 달걀이 되지는 않는다. 사람도 점점 늙어가지 젊어지는 사람은 없다. 물이 저절로 엎질러지는 일은 있어도 엎질러진 물이 저절로 컵에 담기는 일은 일어나지 않는다.

만물은 왜 이렇게 한 방향으로만 변할까? 공기는 왜 가만히 있지 않고 흘러서 바람을 일으킬까? 태양은 왜 저렇게 강력한 빛을 사방으로 뿜어낼까? 지진은 왜 일어나고, 파도는 왜 칠까? 식품은 왜 상하고, 뜨거운 물체는 왜 식을까? 우리는 왜 생로병사에서 벗어날 수 없을까?

모든 것이 변하되 변화에는 방향성이 있다. 열은 온도가 높은 쪽에서 낮은 쪽으로, 바람은 고기압에서 저기압으로 흐른다. 그 반대 방향으로 변화가 일어나는 일은 없다. 이 모든 것이 다 엔트로피 때문이다.

엔트로피를 정의하는 것은 간단하지 않다. 하지만 쉽게 말하면 무질서한 정도를 말한다. 가지런한 상태는 엔트로피가 낮은 상태이고 어지러운 상태는 엔트로피가 높은 상태이다. 가지런한 것을 내버려두면 어지럽게 변한다. 어지러운 것을 내버려둔다고 해서 가지런해지는 법은 없다. 자연현상은 언제나 엔트로피가 낮은 상태에서 높은 상태로 변한다.

모든 변화는 비평형상태에서 평형상태로 가는 과정이다. 우주 최초의 비평형은 '빅뱅'이다. 태초의 대폭발, 이것은 비평형이 극에 달한 순간에 일어난 현상이다. 그 지극한 비평형이 있었기에 우주가 탄생했다. 그리고 지금 이 우주는 태초의 비평형을 줄여가는 과정에 있다. 그 과정에서 별이 생기고 태양, 지구, 달이 생기고, 생명체가 생겨났다.

간단한 예를 들어보자. 바람이 왜 부는가? 고기압과 저기압이 있기 때문이다. 고기압과 저기압은 비평형상태다. 고기압은 낮아져야 하고 저기압은 높아져야 한다. 그래서 고기압 쪽에서 저기압 쪽으로 공기가 이동하게 된다. 이것이 바람이다.

열은 온도가 높은 물체에서 낮은 물체 쪽으로 흐른다. 그래서 온도가 높은 물체의 온도는 낮아지고 낮은 물체의 온도는 높아진다. 모두가 평형상태로 가려는 현상이다. 평형상태를 엔트로피가 높다고 하고, 비평형인 상태를 엔트로피가 낮다고 한다. 또 다른 말로는 무질서한 정도가 높아질수록 엔트로피가 높다고 한다. 그래서 엔트로피를 무질서의 정도로 나타내기도 한다. 자연은 언제나 엔트로피가 증가하는 방향으로 변한다.

우주도 엔트로피가 증가하는 방향으로 변한다. 하지만 국지적으로 보면 엔트로피가 감소하는 곳도 있다. 에어컨을 틀면 방 안의 온도가 바깥보다 낮아진다. 가만히 두면 방 안과 밖의 온도가 같아질 텐데 에어컨이 강제로 방 안의 열기를 빼서 밖으로 내보내는 것이다. 안과 밖의 온도가 같은 상태가 엔트로피가 높은 상태고, 온도 차이가 많이 나는 상태가 엔트로피가 낮은 상태다. 자연은 언제나 온도가 같아지도록 하려고 한다. 하지만 에어컨이 엔트로피를 감소시킨 것이다.

그러면 에어컨은 이 우주의 엔트로피를 정말로 감소시킨 것일까? 아니다. 방 안팎의 엔트로피는 감소시켰을지 몰라도 지구 전체의 엔트로피는 오히려 증가시킨 것이다. 왜냐하면,

에어컨이 그냥 방 안과 밖의 온도만 변화시킨 것이 아니라 전기를 사용했기 때문이다. 전기는 화력발전소에서 연료를 태워서 얻은 에너지다. 연료를 태운다는 것은 질서 정연히 배열하고 있는 분자들(연료)을 태워서 매우 혼란스러운 분자들(매연)을 내뿜게 만든다. 에어컨은 방 안과 밖의 엔트로피는 감소시켰지만, 연료를 태워서 엄청나게 많은 엔트로피를 증가시켰다. 연료를 태웠을 때 증가한 엔트로피가 방 안과 밖에 감소한 엔트로피보다 더 많다. 결국 전체적으로 보면 엔트로피가 증가했다. 그래서 과학자들은 어떤 경우에도 우주의 엔트로피는 감소하지 않고 증가한다고 하는 것이다. 이것이 열역학 제2법칙이며 통계역학의 가장 중요한 원리이기도 하다.

자연에서만 엔트로피가 증가하는 것이 아니다. 사회 현상에서도 마찬가지다. 경제 활동을 보자. 경제 활동이란 재화가 흐르는 현상이다. 돈도 부자에서 가난한 자 쪽으로 흘러간다. 그렇게 되는 것이 자연스러운 현상이다. 그런데 만약 돈이 가난한 자에서 부자 쪽으로 흘러간다면 어떻게 될까? 그것은 물이 아래에서 위로 흐르는 것만큼이나 부자연스럽다. 지구에 바람이 불어야 하듯이 국가에도 돈이 흘러야 한다. 이 흐름이 바로 경제 활동이다. 돈이 바르게 흐르면 모두가 행복하고 그렇지 못하면 갈등이 생긴다.

고기압은 낮아지고 저기압은 높아져야 한다. 하지만 정말로 고기압과 저기압이 같아지면 큰일이다. 공기의 이동이 멈추기 때문이다. 태양이 쉼 없이 에너지를 공급하고 지구가 자전하기 때문에 지구 대기에 지속적으로 고기압과 저기압이 만들어진다. 그래서 바람이 불고 공기가 정화된다.

마찬가지로 부자의 돈은 가난한 자 쪽으로 흘러야 한다. 하지만 부자가 없어지면 큰일이다. 태양이 지구에 에너지를 지속적으로 공급하여 고기압과 저기압이 유지되도록 하듯이 지도자는 지속해서 국가의 부가 창출되도록 해야 한다. 그래야 지구에 바람이 불듯이 나라의 경제가 돌아가게 되는 것이다.

분배가 엔트로피를 증가시키는 일이라면, 부의 창출은 엔트로피를 감소시키는 일이다. 가만히 두면 엔트로피는 계속 증가하게 되어 있다. 그래서 엔트로피를 감소시키는 다른 작용이 없다면 결국에는 완전한 평형상태가 되고 만다. 완전한 평형상태는 곧 죽음이다. 태양이 없다면 지구의 기압은 완전한 평형상태가 되어버릴 것이다. 바람 한 점 없는 지구, 그것은 죽음이다.

자연은 엔트로피를 증가시키고, 인간의 활동은 엔트로피를 감소시킨다. 인류의 문명은 엔트로피를 감소시킨 결과이다. 사람들이 '열심히 일하라!'고 할 때, 물리학자는 '엔트로피를 줄여라reduce entropy!'라고 말한다.

헛수고

부질없는 인간들이여

그대들이 하는 일이란
고작 엔트로피를 감소시키는 일

물웅덩이에서 물을 퍼 올리듯
우주의 웅덩이에서 아무리 엔트로피를 퍼 올려도
웅덩이에는 다시 물이 고이듯
우주의 웅덩이에는 더 많은 엔트로피가 고이는 법

그대들은 알지 못하는가

평생에 하는 일이 모두
헛수고였음을

부질없는 인간들이여

암흑물질

보이는 것이 전부는 아니다. 이 말은 겉모습이 전부는 아니라는 말로 이해될 것이다. 하지만 이 우주는 속 모습조차도 보이는 것이 전부는 아니다. 공기는 눈에 보이지 않지만 스치는 바람으로도 느낄 수 있다. 아주 작은 원자는 눈에 보이지 않지만 특수한 현미경으로 볼 수도 있다. 볼 수 있는 것은 모두 원자로 이루어져 있다. 그런데 하늘을 관측하면서 과학자들은 이상한 현상을 발견했다. 관측에는 전혀 걸리지 않지만, 무엇이 있지 않으면 안 되는 현상들이 발견된 것이다.

이 우주에는 세 가지 종류의 물질이 있다. 일상에서 우리가 접하고 있는 원자로 이루어져 있는 물질, 암흑물질 그리고 암흑에너지가 그것이다.

우리가 접하는 모든 물질은 원자로 이루어져 있다. 눈에 보이지 않는 공기일지라도 산소와 질소 같은 원자로 이루어져 있다. 원자는 양성자와 중성자로 이루어진 원자핵과 그 주위에 있는 전자로 구성되어 있다. 양성자나 중성자는 쿼크라는 더 본질적인 입자로 이루어져 있다고 한다. 따라서 우리가 물질이라고 부르는 물질은 모두 이런 입자들로 구성되어 있다.

암흑물질은 보통의 물질과는 달리 이러한 원자들로 구성되어 있지 않은 물질이다. 관측할 수도 없는 물질이다. 그러면 이런 물질이 있다는 것은 어떻게 알았는지 궁금할 것이다. 그것은 이 물질이 비록 관측되지는 않지만 중력을 작용하기 때문이다. 모든 질량이 있는 물질은 중력을 작용한다. 그런데 암흑물질은 원자로 이루어져 있지도 않으면서 중력을 작용한다.

암흑에너지도 원자로 이루어져 있지는 않지만 중력을 작용한다. 암흑물질과 다른 점은 암흑에너지가 작용하는 중력이 인력이 아니라 척력이라는 점이다. 물질이 만들어내는 중력은 모두 인력이다. 전기력에는 인력도 있고 척력도 있다. 같은 전기끼리는 척력이 작용하고 다른 전기끼리는 인력이 작용한다. 중력은 질량의 크기에 비례하기에 척력이 존재하지 않는다. 하지만 암흑에너지가 만들어내는 중력은 척력이다.

그렇다면 이렇게 관측되지도 않는 암흑물질이나 암흑에너

지가 만들어내는 중력을 어떻게 알게 되었을까? 은하들의 움직임을 보고 알아냈다. 수많은 별로 구성된 은하도 회전하고 있다. 지구가 태양 둘레를 회전하는 모습을 관찰하면 태양의 질량을 알 수 있듯이 은하에 있는 별들이 회전하는 모습을 보면 은하의 질량을 알 수 있다. 문제는 이렇게 추산한 은하의 질량이 우리가 망원경으로 관측해서 추산한 은하의 질량보다 엄청나게 크다는 것이다. 그렇다면 이 나머지 질량은 어디에서 온 것일까? 물론 망원경으로 모든 별과 성간물질을 다 관측할 수는 없기 때문에 보이지 않는 물질도 있을 것이다. 하지만 이런 것을 다 고려해도 은하의 질량은 터무니없이 작다. 그래서 보이지 않는 어떤 물질, 즉 암흑물질이 있어야 한다고 생각하는 것이다.

암흑에너지는 팽창하는 우주의 모습에서 알아냈다. 빅뱅 이후 우주가 팽창하고 있다는 것은 진작 알고 있었다. 그런데 문제는 우주의 팽창 속도다. 모든 물질은 서로 인력이라는 중력이 작용하므로 팽창 속도는 점점 느려져야 한다. 돌을 위로 던지면 돌에 작용하는 지구의 중력으로 돌의 속력이 점점 느려지다가 결국에는 다시 지구로 돌아오게 된다. 우주의 팽창도 그와 같이 생각했다. 빅뱅으로 우주가 폭발해서 팽창하고 있지만, 시간이 지나면 팽창 속도가 느려져서 결국에는 다시 수축할 것이라고 말이다. 그런데 관측 결과에 따르면 우주의 팽창 속도가 느려지기는커녕 점점 더 빨라지고 있는 게 아닌가! 이것을 소위 우주의 '가속팽창'이라고 한다. 우주가 가속팽창을 하기 위해서는 인력이 아니라 척력이 작용해야 한다. 그렇다면 이 척력을 작용하는 힘은 어디에서 오는가? 과학자들은 그것이 바로 암흑에너지 때문이라고 주장한다.

이제 우주에는 우리가 알고 있는 물질 말고도 암흑물질과 암흑에너지라는 새로운 물질이 더 있다. 그런데 놀라운 것은 이 우주에서 우리가 아는 물질은 겨우 5퍼센트 정도이고, 25퍼센트는 암흑물질, 70퍼센트는 암흑에너지라고 한다. 보이는 세상보다 보이지 않는 세상이 더 많다. 더 많은 정도가 아니라 우주는 거의 대부분 보이지 않는 물질로 되어 있고 아주 조금 보이는 물질이 있다.

과학자들은 암흑물질과 암흑에너지의 정체가 무엇인지 아직 전혀 모르고 있다. 분명한 것은 이들이 우리가 알고 있는 원자로 이루어진 것은 아니라는 점이다. 그리고 암흑물질과 암흑에너지는 저 먼 우주에만 있는 것이 아니라 이 방 안에도 있다. 바로 내 눈앞에, 아니 내 눈 속에도 있지만 결코 볼 수는 없다.

아무리 보이는 것이 전부가 아니라고 해도 이렇게 보이지 않는 세상이 있을 줄 누가 알았겠나? 천 길 낭떠러지 밑은 알아도 한 길 사람 속은 모른다는 말이 있지만, 정말 우주의 속은 알다가도 모를 일이다.

암흑물질

수많은 말을 주고받았어도

너와 나 사이에는

하지 못한 말이 더 많듯이

손도 잡고 입도 맞추고 얼싸안아 보았어도

닿지 못한 것이 더 많듯이

주고받는 눈빛 사이에도

눈빛만 있는 것은 아니듯이

우주 공간

반짝이는 별들 사이에도

보이지 않는 물질이 더 많듯이

얼마나 많은 것들이 있을까?

너와 나 사이에는

3장

신의 주사위 놀이

신은 가끔 주사위를 아무도 모르는 곳에 던지기도 한다.

-스티븐 호킹

입자인가 파동인가

'빛이 있으라 하니 빛이 있었고……' 『성경』의 「창세기」 첫 구절에 나오는 말이다. 우주 창조의 원인이고 만물의 모습을 드러나게 하지만 정작 자기 자신은 드러내지 않는 참으로 묘한 것이 빛이다. 빛으로 세상을 보지만 정작 우리는 빛을 보고 있을까?

역사적으로 빛의 본질에 대한 많은 논쟁이 있었다. 뉴턴은 빛이 알갱이로 되어 있다고 했고, 크리스티안 호이겐스Christian Huygens는 빛이 파동이라고 했는데, 아인슈타인은 다시 빛이 입자라고 했다. 그렇다면 빛은 입자인가 파동인가?

만화책만 보던 한 아이가 있었다. 만화에 등장하는 인물들은 반드시 두 부류로 나뉜다. 하나는 착한 사람, 다른 하나는 나쁜 사람이다. 착하지도 않고 나쁘지도 않거나 착하기도 하고 나쁘기도 한 인물은 없다. 최소한 만화책이라는 세상에서는 그렇다. 만화책만 보던 아이는 이 세상이 모두 두 종류의 사람, 착한 사람 아니면 나쁜 사람으로 되어 있다고 생각했다.

아이는 세상이 정말 그런지 알아보기 위해서 광화문 네거리에 나갔다. 한 사람이 거지에게 돈을 주는 것을 목격했다. '옳지, 착한 사람!' 그리고 또 길을 가다가 한 사람이 휴지를 길에 버리는 것을 보았다. '옳지, 나쁜 사람!' 온종일 다녀보면서, 역시 세상은 착한 사람과 나쁜 사람으로 되어 있다는 자기의 가설이 옳다는 확신을 하게 되었다. 그런데 집으로 돌아오는 길에 이상한 현상을 발견했다. 어떤 사람이 거지에게 돈을 주고 한참 가다가 길에 휴지를 버리는 것이 아닌가! '아니, 저 사람은 착한 사람이야, 나쁜 사람이야?' 아이는 고민에 빠졌다.

20세기 초 양자역학이 태동하던 무렵 과학자들은 이 아이가 빠진 것과 아주 같은 고민에 빠졌다. 다만 다른 것은 그 고민의 대상이 인간이 아니라 빛이었다는 점이다.

세상 만물은 입자 아니면 파동이다. 돌멩이나 원자는 입자다. 하지만 소리는 파동이다. 자연현상에 존재하는 것은 모두 입자이거나 파동이다. 그렇지 않은 것이 어디 있는가? 이것이 과학자들의 믿음이었다. 그렇다면 당연히 빛은 입자나 파동,

둘 중의 하나여야 한다.

빛이 직선으로 나아가고, 무엇에 부딪히면 반사를 하고, 유리나 물을 통과할 때 굴절하는 것을 본 뉴턴은 빛을 입자라고 주장했다. 하지만 빛은 장애물이 있으면 돌아서 가고, 두 빛이 서로 만나면 간섭을 해서 무지개와 같은 색깔이 나타난다. 이런 현상은 빛이 파동이라는 것을 의미한다. 그리고 맥스웰에 의해서 빛이 전자기파라는 사실이 밝혀지면서 빛이 파동이라는 것이 확실해졌다.

하지만 빛은 그렇게 쉽게 자기의 정체를 드러내는 호락호락한 존재는 아니었나 보다. 빛을 금속에 비추면 금속에서 전자가 튀어나온다. 이 현상을 광전효과photoelectric effect라고 한다. 아인슈타인은 빛이 입자라는 가설로 광전효과를 성공적으로 설명했다. 이 공로로 그는 노벨상을 받았다. 빛은 회절하는 것으로 보아 분명히 파동인데 또 광전효과를 일으키는 것으로 보아 분명히 입자다. 그러면 도대체 빛은 입자란 말인가 파동이란 말인가?

과학자들도 만화책만 보던 아이와 같은 혼란에 빠졌다. 다만 사람이 아니라 빛으로 바뀐 것뿐이다. 사람을 반드시 착한 사람 아니면 나쁜 사람으로 구별할 수 없는 것과 마찬가지로 빛이 반드시 입자 아니면 파동이어야 한다는 생각에 문제가 있는 것이다. 빛은 입자도 아니고 파동도 아니다. 빛은 빛일 뿐이다. 상황에 따라 파동처럼 보이기도 하고 입자처럼 보이기도 한다. 같은 사람이 상황에 따라 착한 행동을 하기도 하고 나쁜 행동을 하기도 하듯이 말이다.

선과 악이란 실제로 존재하는 것이 아니라 관념일 뿐이듯이, 입자와 파동도 실제로 존재하는 것이 아니라 인간이 만들어낸 가공적인 관념이다. 세상에는 악인도 없고 선인도 없듯이 자연에는 입자도 없고 파동도 없다. 인간은 선인도 악인도 아니다. 그냥 인간일 뿐이다. 마찬가지로 빛은 입자도 아니고 파동도 아니다. 그냥 빛은 빛일 뿐이다.

요즈음 진보냐 보수냐를 가지고 나라가 시끄럽다. 가만히 생각해본다. 나는 진보인가, 보수인가? 잘 모르겠다. 어떤 때는 진보 같기도 하고 어떤 때는 보수 같기도 하다. 그런데 다른 사람도 나를 그렇게 볼까? 아마도 만화책을 보던 아이와 같이 나를 진보 아니면 보수로 규정해 버리지 않을까? 진보냐 보수냐 하는 것은 관념일 뿐이지 실제로 존재하는 것이 아니다. 선과 악도 관념이지 실제로 존재하는 것이 아니다. 마찬가지로 입자와 파동도 관념이지 실제로 존재하는 것은 아니다.

빛은 파동도 아니고 입자도 아니다. 빛은 무엇으로 규정할 수 있을 정도로 그렇게 간단한 존재가 아니다. 도를 도라고 하면 이미 도가 아니듯이道可道 非常道, 名可名 非常名, 빛도 파동이라고 하면 이미 파동이 아니고 입자라고 하면 이미 입자가 아니다. 이름조차 붙일 수 없는 존재, 그것이 빛이다.

아내의 뒷면

달의 뒷면

안 보인다고 없으랴

나쁜 놈의 예쁜 뒷면

착한 놈의 미운 뒷면

입자인 빛도 가끔은 파동이고

파동인 빛도 가끔은 입자이고

요즈음 들어 자꾸

짜증만 늘어가는 아내

달의 뒷면처럼

내가 몰랐던

아내의 뒷면

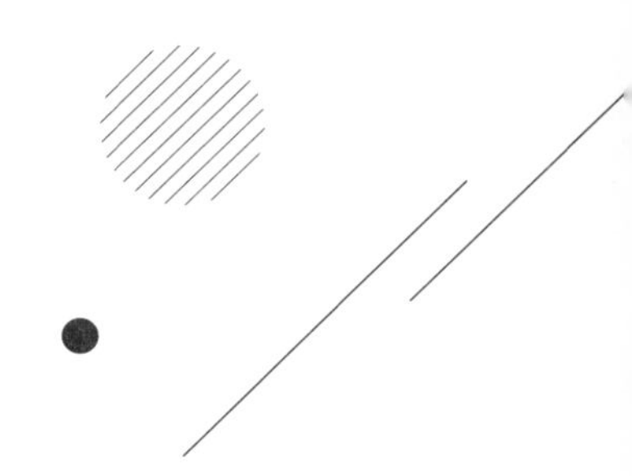

오직 생멸生滅이 있을 뿐

밤거리에서 화려하게 번쩍이는 네온사인 속의 그림이 빠르게 이동한다. 하지만 가까이에서 자세히 보면 불빛이 제자리에서 점멸할 뿐 이동하는 것은 아무것도 없다. 이동은 착시현상일 뿐이다. 텔레비전 화면에 움직이는 사람들이 나오지만 실제로 움직이는 것은 아무것도 없다. 화면에 있는 무수히 많은 발광 점들이 켜졌다 꺼졌다 할 뿐인데 우리 눈에 움직이는 것으로 보일 뿐이다. 모두가 착시고 착각이다.

네온사인 효과는 우리로 하여금 존재와 운동에 대해서 다시 생각해보게 한다. 양자역학에서는 물체의 '이동'이란 존재하지 않는다. 어떤 곳에 발견될 '확률'만 존재한다. 물체가 이동하는 것은 그 물체가 존재할 확률분포가 시간에 따라 변하는 현상이다. 초속 1미터인 속력으로 운동하는 물체를 양자역학적으로 표현하면, 이 물체가 존재할 확률이 1초 후에 1미터 지점, 2초 후에는 2미터 지점, 3초 후에는 3미터 지점에서 가장 높으므로 물체가 초속 1미터의 속력으로 운동하는 것처럼 보인다. 여기 있던 물체가 사라지고 다음 위치에서 생겨나는 것이다. 그것이 너무나 빨리 일어나기 때문에 우리 눈에 사라지고 생겨나는 것은 보이지 않고 이동한 것처럼 보이는 것이다. 물체의 운동은 물체가 실제로 이동하는 것이 아니라 생生과 멸滅이 시공간 상에서 변하는 현상이다.

흘러가는 강물을 관찰해본 일이 있는가? 산골짜기에서 빠르게 흘러가는 강물을 가만히 보고 있으면, 굽이쳐 흐르기도 하고 소용돌이치기도 한다. 물은 멈추지 않고 계속 흘러만 가는데 굽이치는 형태와 소용돌이는 같은 지점에 같은 모습 그대로 유지된다. 이 소용돌이는 진짜일까? 소용돌이를 만드는 물은 흘러가 버렸어도 소용돌이는 흘러가지 않고 그 모양 그대로 그 자리를 지킨다. 그렇다면 내 눈에 확실하게 보이는 이 소용돌이는 실체일까? 아니면 착시 현상에 지나지 않는 것일까? 분명 소용돌이라는 실체는 없다. 물이라는 실체가 있을 뿐이고 소용돌이는 이 물이 만들어내는 환상일 뿐이다.

그렇다면 우리가 보는 삼라만상도 이 소용돌이와 같은 것은 아닐까? 저기 보이는 저 돌멩이도 돌멩이라는 실체가 아니라 물의 소용돌이처럼 우리에게는 보이지 않는 특별한 그 무엇이 만들어내는 소용돌이는 아닐까? 이런 생각은 불교나 신비주의 사상에서나 가능하지 과학과는 거리가 먼 것처럼 보인다. 과학에서는 사물의 존재는 확실한 것이고 이보다 더 확실한 존재는 없다고 생각한다. 하지만 현대 과학에서는 생각이 달라졌다. 특히 양자역학은 오히려 이 신비주의적 생각과 상당히 가까운 것으로 보인다.

우리는 우리가 보는 것이 가장 확실하다고 생각한다. 그런데 '본다'는 행위를 자세히 분석해보면, 본 것을 믿는다는 것이 정말 황당무계한 일이 아닐 수 없다. 여기 사과가 하나 있다고 하자. 우리가 사과를 본다는 것은 무엇을 말하는가? 먼저 사과에서 빛이 나온다. 물론 이 빛은 외부에서 사과의 표면에 도달한 빛이 반사된 것이다. 이 반사된 빛이 우리 눈의 동공으로 들어가서 망막에 거꾸로 된 상이 맺힌다. 이 망막세포에 주는 빛의 자극인 상이 시신경을 통해서 뇌에 전달되면 뇌신경 세포들이 이 정보(자극)를 주고받고 분석하여 바로 선 모습으로 바꾼다. 이렇게 해서 우리 뇌가 내린 결론이 '아, 저기 빨간 사과가 있다'이다. 이 결론에 따라 우리는 저기에 사과가 있는 것을 느끼게 된다. 망막에 맺힌 것이 사과가 아니다. 사과에서 나온 빛도 아니다. 사과에서 반사된 빛일 뿐이다. 뇌가 분석하는 것도 사과가 아니다. 사과에서 나온 빛도 아니다. 망막의 자극이 만들어내는 전기적 신호일 뿐이다. 저기에 사과가 있다고 느끼는 행위는 이 전기적 신호를 분석해서 내린 결론일 뿐이다. 이 결론이 정말 사과라고 우리는 믿는다. 그 믿음이 저기 있는 사과와 정말로 같다는 것은 기적과 같은 일이다.

우리가 보는 것은 실체가 아니다. 삼라만상은 네온사인처럼 생과 멸이 반복하면서 만들어내는 허상일지도 모른다. 나는 한순간 존재하다가 사라지고 다음 순간 생겨나는 것이다. 오늘의 나는 어제의 내가 아니다. 어제의 나는 이미 죽었고 오늘 새로운 내가 태어난 것이다. 새로 태어난 나에게 어제의 나에 대한 기억이 있으므로 마치 어제의 내가 오늘까지 존재하는 것으로 착각할 뿐이다.

허상

반짝 반짝 반짝 반짝

반딧불이 한 마리

깜깜한 허공에

반짝임뿐인 반딧불이

반짝임이 반딧불이인가

반딧불이가 반짝임인가

우주적 인연

인연이라고 할 때, 인이 '비롯할 인因'이 아니라 '사람 인人'으로 느껴지는 것은 나의 무식함 때문만은 아닐 것이다. 인연이란 사람을 포함해서 만물이 서로 연관되어 있는 관계를 일컫는 말임이 틀림없지만, 우리 인간사에서 인연이라고 하면 주로 사람과 사람 사이에 맺어진 관계를 뜻한다. 그것은 아마도 그 말을 사용하는 주체가 인간이기 때문이 아닐까? 사람 사이의 인연은 혈연, 지연, 학연 등 수많은 관계로 얽혀 있다. 한 사람이 갖는 인연들이 곧 그 사람의 인생이 되는 것이니, 인간에게 인연보다 더 소중한 것이 무엇일까?

그렇다면 인간이 아닌 물체에도 인연이 있을까? 물체에도 당연히 인연이 있다. 태양과 지구는 서로 끌어당기고 있으니,

이 둘은 인연으로 맺어져 있다고 할 수 있다. 지구와 달도 인연으로 맺어져 있다. 뉴턴은 이러한 인력이 태양, 지구, 달 사이에만 있는 것이 아니라 모든 천체들 사이는 물론, 돌멩이와 지구 사이에도 있고, 돌멩이와 돌멩이 사이에도 있고, 사람과 사람 사이에도 있다고 주장했다. 이것이 중력을 '만유萬有인력' 이라고 부르는 이유이기도 하다. 그래서 물질 사이의 인연은 가히 우주적이라고 할 수 있다.

사람 사이의 인연에 혈연, 학연, 지연이 있다면 물질들 사이의 인연에는 중력, 전기력, 핵력이 있다. 그리고 이 물질들 사이의 인연은 지구에만 국한되지 않고 먼 별나라까지 우주의 구석구석 어디에나 있다. 이렇게 보면 사람과 사람 사이의 인연은 우주적 인연에 비하면 아주 작은 부분에 지나지 않는다.

그렇다면 이 우주적 인연은 어떻게 생겨난 것인가? 우주에 입자 하나만 있다면 인연이 있을 수 없다. 무엇에도 속박되지 않은, 그야말로 완전한 자유일 것이다. 이 완전한 자유에 무슨 인연이 있을 수 있겠는가? 인연은 아무리 미화시켜 봐도 어쩔 수 없이 속박을 유발한다.

양자역학적으로는 우주에 입자 하나만 있다면 이 입자는 아무런 구속도 당하지 않는 완전한 자유 입자이다. 혼자 있는 입자, 완전한 자유인 입자는 시간과 장소에 구애받지 않고 어디에나 있을 수 있다. 그러므로 그 입자가 어디에 있느냐는 물음이 불가능하다. 우주에 하나만 있는 입자는 시공을 초월해서 우주에 편재하고 있다.

하지만 입자가 둘이 있다면 문제는 달라진다. 인연이 만들어졌기 때문이다. 이 인연은 서로를 속박하게 된다. 이 속박 때문에 두 입자는 완전히 자유롭지는 못하게 된다. 두 개가 아니라 더 많은 입자가 있다면 이 인연은 매우 복잡하게 얽힌다. 더 많은 속박이 생겨나고 입자는 자유를 잃는다. 양자역학은 이 우주적 인연의 속박 정도를 계산하는 학문이라고 해도 과언이 아니다.

우주에 하나밖에 없는 소립자는 우주 어디에나 있을 수 있다. 이 순간 여기에 있지만, 다음 순간 미국에 있을지 아니면 저 먼 안드로메다 성운 어디에 있을지 알 수 없다. 하지만 여기 이 돌멩이 하나는 오늘도 여기에 있고 내일도 여기에 있고, 건드리지만 않으면 우주가 끝날 때까지 여기 있을지도 모른다. 왜 그럴까? 인연 때문이다. 이 돌멩이 하나는 어마어마하게 많은 원자로 이루어져 있다. 원자는 인연들로 서로 얽혀 있다. 중력, 전기력, 핵력 등이 그 인연들이다. 이 인연들 때문에 돌멩이 하나는 자유를 잃고 여기 이렇게 죽치고 앉아 있을 수밖에 없는 것이다.

어디 돌멩이뿐이랴? 우리들 인생도 마찬가지다. 저 시골 마을에서 지팡이를 짚고 가는 한 노인을 보라. 그가 왜 저 돌멩이 모양, 이 시골에 처박혀 인생을 마감하게 되었을까? 인연 때문이다. 조상의 인연, 처자식의 인연, 집안의 인연, 친구의 인연, 수많은 인연들이 노인을 시골에 묶어두고 있었던 것이다. 우주 어디든 갈 수 있었던 돌멩이가 인연 때문에 움직이지도 못하고 있듯이, 세상을 발아래 두고 훨훨 날아다닐 수 있었던 저 노인도 인연 때문에 이렇게 좁은 울타리 속에서 인생을 마감하게 되었던 것이다.

인연

경상북도 영덕군 영해면 괴시리 관어대길 18-12
지팡이 짚고 길을 가는 저 노인 하나

천방지축 사통팔달
무엇이든 할 수 있었던

소립자 같은 꿈 하나

그곳에서 태어나고
그곳에서 자라나고
그곳에서 새끼 낳고
그곳에서 늙어가고

한때 소립자였던 그 꿈 하나,

아버지 꿈 어머니 꿈
아들 꿈 딸 꿈

이 꿈이 붙잡고 저 꿈이 당기고
이 꿈이 소매 잡고 저 꿈이 다리 걸고

우주에 꽉 찼던 그 꿈 하나

경상북도 영덕군 영해면 괴시리 관어대길 18-12에서
돌멩이 되어 옴짝달싹 못 하고 있다

하느님 속이기

은행이 저녁 6시에 닫고 다음 날 아침 6시에 연다고 하자. 문 닫은 12시간 동안 설사 돈이 없어졌다가 다시 생겨났다 해도 알 길은 없다.

한 은행원이 이 사실을 이용하기로 했다. 문을 닫은 후 돈을 인출하여 밤새 그 돈으로 장사해서 돈을 벌고 문 열기 전에 다시 은행에 돈을 입금해놓기로 했다. 이런 방법으로 그 은행원은 자기 돈 한 푼 없이 밤 장사를 해서 날마다 돈을 벌고 있었다. 은행으로서도 나쁠 것은 없다. 은행이 손해 보는 일은 없으니까. 가끔 어떤 은행원이 밤 동안만이 아니라 며칠이나 몇 달 동안 이렇게 하다가 들통이 나서 문제가 되는 일이 있기는 하지만 말이다.

자연에서도 이와 같은 일이 일어나고 있다. 하느님께 들키지만 않으면 된다고나 할까. 원자핵 속에 있는 중성자와 양성자는 서로 자기들끼리 단단히 묶여 있다. 어떻게 묶여 있느냐 하면 소위 중간자라고 하는 입자가 이들 소립자 사이를 왕래하면서 서로를 묶어놓고 있다. 원자핵 속에는 중간자라는 아교阿膠 입자가 수시로 생겨났다가 소멸한다. 그런데 이런 입자가 생겨나는 것은 물리학의 가장 중요한 법칙이라고 하는 에너지보존법칙을 위반한다. 우주의 에너지는 더 생길 수도 사라질 수도 없어야 한다는 것이 에너지보존법칙이다. 이 법칙은 자연과학에서는 절대적이어서 아직도 위반 사례가 발견된 적이 없다.

그런데 원자핵 속에서 중간자의 생성은 분명히 에너지보존법칙을 위반하는 것처럼 보인다. 왜냐하면 중간자도 질량을 가진 입자인데 그런 입자가 생겨난다는 것은 에너지가 생겨난 것이기 때문이다. 그리고 그 입자가 다시 사라진다면 에너지가 없어진 것이다. 에너지보존법칙을 정면으로 위반하는 것이다. 하지만 그 위반은 앞의 그 은행원처럼 하느님에게 들키지 않는 위반이다. 하느님께 들키지 않으면 범죄가 성립되지 않는다.

하느님께 들키지 않는다고? 그렇다. 양자역학에는 불확정성원리가 있다. 에너지와 시간, 운동량과 위치에 관한 정보는 서로 상보적이어서 두 값을 곱하여 어느 양(플랑크 상수, h)보다 작으면 그 양은 측정 불가능하다는 것이 불확정성원리다. 물론 플랑크 상수는 어마어마하게 작아서(6×10^{-34}J·s) 우리가 일상생활에서 하느님을 속이는 것은 불가능하다. 하지만 원자와 같은 작은 공간에서 아주 짧은 시간 속이는 것은 가능하다. 중간자라는 매개 입자는 아주 짧은 시간 동안 생겼다가 없어지기 때문에 그 짧은 시간 동안에는 에너지보존법칙을 위반하지만 위반했다는 사실을 관측할 수는 없다. 하느님조차도 알지 못하는 일이다.

하느님도 모르는데 물리학자는 어떻게 알았을까? 물론 물리학자들도 소립자를 그 짧은 시간 동안은 보지 못한다. 그런데 소립자의 존재를 아는 방법이 있다. 소립자와 동일한 에너지를 인공적으로 원자핵 속에 집어넣어 주고 소립자를 원자핵에서 빼낼 수 있다. 이렇게 빠져나온 소립자는 관측이 가능하다. 에너지 은행을 관장하는 하느님은 그렇게 어리숙한 하느님이 아니다. 철저하게 손해 보지 않는다. 중간자라는 소립자가 마음대로 생겼다 없어졌다 할 수는 있다. 하지만 철저하게 하느님이 허용하는 시간과 공간의 범위 내에서만 가능하다. 그 범위를 넘어서기 위해서는 에너지를 원자핵에 주입해야 한다. 이때 에너지를 주입하기 위해 입자가속기를 사용한다. 에너지가 매우 큰 입자를 원자핵에 쏘면 에너지에 해당하는 소립자가 만들어진다.

은행원 얘기로 다시 돌아가면, 은행이 문 닫은 시간 동안 그 은행원이 돈을 빼내서 장사하는 것은 좋은데 이것은 어디까지나 비공개 행위다. 이것을 공개적으로 하려면 자기 돈을 은행에 예탁해야 한다. 마찬가지로 원자핵 속에서는 입자의 생성 소멸이 자유롭지만, 핵 바깥으로 나오기 위해서는 에너지를 주입해야 한다.

이렇게 보면 하느님도 그렇게 융통성 없이 딱딱하기만 한 것은 아니다. 어느 범위 내에서는 하느님도 눈감아준다. 다만 그 허용 범위를 넘으면 절대 안 된다. 인간 사회도 그래야 한다. 모든 것을 투명하게만 한다고 행복해지는 것은 아니다. 어느 정도 남이 모르는 것이 있어야 하고, 때때로 작은 잘못은 서로 눈감아주는 것도 필요하지 않을까?

비밀

애인에게 보낸 편지는

아무도 몰라야 하듯이

누구와도 나누고 싶지 않은

나만이 아는 비밀 하나

필요하다

불확정성원리,

하느님도 눈감아주는

비밀이다

사랑이다

슈뢰딩거의 고양이

파동역학이라는 새로운 물리학을 만들어냄으로써 양자역학의 학문적 기반을 세운 에르빈 슈뢰딩거Erwin Schrödinger는 양자역학의 토대를 만들었지만, 양자역학의 가장 핵심인 불확정성원리, 양자중첩, 양자얽힘이라는 개념을 받아들이지는 못했다. 어떤 면에서 슈뢰딩거는 양자역학을 만들었지만, 역설적이게도 아인슈타인처럼 내면은 양자역학의 대척점에 있는 고전역학에 대한 믿음에 머물러 있었다고 해도 과언이 아니다. '슈뢰딩거의 고양이'는 닐스 보어Niels Henrik David Bohr, 베르너 하이젠베르크Werner Karl Heisenberg, 볼프강 파울리Wolfgang Pauli 등이 제기하는 특이한 양자 현상을 반박하기 위한 수단으로 만들어낸 가상실험이다. 간단히 소개하면 다음과 같다.

'여기 상자 속에 고양이가 한 마리 있고, 상자에는 독가스통이 있는데, 독가스통이 1분 이내에 터질 확률이 2분의 1이라고 하자. 1분이 되었을 때 이 고양이는 살았을까, 죽었을까?' 하는 것이 문제다.

당연히 살았을 확률이 반이고 죽었을 확률이 반이다. 1분이 되었을 때 문을 열어보면 죽었거나 살았을 것이다. 이 실험을 1,000번 한다면 대략 500번은 죽은 고양이를, 500번은 산 고양이를 보게 될 것이다. 여기까지는 조금만 생각이 있는 사람이라면 이해할 것이다. 이 말이 이해되지 않는다면 앞으로 내 글은 읽지 않는 게 좋을 것이다.

그런데 문제는 상자를 '열어보기 전에' 고양이가 죽어 있을까 살아 있을까 하는 것이다. 물론 죽어 있을 확률이 반, 살아 있을 확률이 반이다. 그런데 문제는 확률이 아니라 고양이의 실제 상태가 무엇이겠냐 하는 것이다. 양자역학에서는 고양이가 '반은 죽어 있고 반은 살아 있다'라고 주장한다. 이 시점에서 이 말이 이해가 되는 사람은 앞으로 내 글을 읽지 않기 바란다. 왜냐하면 이 사람은 내 글을 볼 필요가 없는 천재거나 아니면 보아도 아무것도 이해할 수 없는 바보, 둘 중 하나일 것이기 때문이다. 하지만 이해가 안 가는 건 고사하고 화가 치밀어 올라온다면 앞으로 내 글을 재미있게 읽을 수 있는 자격이 있는 사람이다.

반은 살아 있고 반은 죽어 있는 고양이, 말이 안 된다. 그래서 슈뢰딩거는 이 예화를 통해서 그런 상태가 존재할 수 없다는 것을 우회적으로 주장했다. 하지만 세상은 슈뢰딩거의 뜻대로 되지는 않았다. 슈뢰딩거의 고양이 예화는 오히려 일반 대중에게 양자중첩에 대한 관심을 불러일으키는 매우 좋은 예로 활용되었기 때문이다. 그뿐만 아니라 물리학자들에게는 양자중첩을 설명하는 아주 좋은 예화가 되어버렸다.

양자중첩 현상은 여러 물리적 상태가 서로 섞여 있는 것을 의미한다. 자연현상은 관측하기 전에는 다양한 상태가 중첩되어 있다가 관찰을 하는 순간 그중 하나의 상태로 나타난다. 이렇게 말해도 어렵기는 마찬가지다.

어떤 소립자 하나가 있다면 그 소립자의 위치는 확정할 수 없다. 이 소립자가 있을 위치는 우주의 '모든' 곳이다. 하지만 관찰을 하게 되면 어느 한 장소에서 발견된다. 그런데 항상 같은 장소에서 발견되는 것이 아니라 관찰할 때마다 다른 장소에서 발견된다. 그렇다면 이 소립자는 관찰하기 전에 '어디'에 있었다고 해야 하는가? 답은 '알 수 없다'이다. 이것을 물리학에서는 소립자가 존재할 확률은 '모든' 공간이라고 하는 것이다.

마찬가지로 상자를 열기 전에 고양이는 죽었을 수도 있고 살았을 수도 있다. 하지만 상자를 열면 죽었거나 살았거나 둘 중의 하나로 나타난다. 상자를 열기 전에는 죽은 상태와 산 상태가 중첩되어 있었다.

아마 독자들은 아직도 이해가 되지 않을 것이다. 독자들 잘못이 절대 아니다. 필자도 이해되지 않기는 마찬가지다. 아마 이것을 이해하는 사람은 아무도 없을지 모른다. 하지만 물리학자들은 이해가 되지는 않아도 확실하게 받아들인다. 왜냐하면 그래야 미시세계가 설명되니까.

이 양자중첩을 좀 더 확장해서 인생사에 적용해볼 수도 있다. 미래에 내가 성공한 사람이 될지 실패할 사람이 될지는 아무도 모른다. 양자역학적으로 보면, 현재의 나는 성공과 실패가 중첩된 상태로 존재한다. 하지만 시간이 지나면 실패나 성공 둘 중의 하나가 현실이 될 것이다. 모든 미래는 양자중첩 상태다. 시간이 흐르면 이 중첩 상태 중 어느 한 상태가 현실이 될 것이다. 내가 수만 번 환생한다면 실패한 나와 성공한 내가 반반으로 나올지 모른다.

우리는 진실이 객관적으로 존재한다고 믿는다. 그리고 그 진실은 O 아니면 X라고 믿는다. 하지만 진실은 그렇게 흑과 백으로 분명하게 구별되는 것이 아니다. 진실은 오히려 중첩

적이고 모호하다. 이 모호함이 진실의 오묘함이 아닐까?

슈뢰딩거의 고양이

상자 속에 고양이 한 마리가 있소
반은 죽었고 반은 살아 있소
문을 열면 고양이는 죽었거나 살아 있소

문을 1,000번 열면 500번은 죽어 있고 500번은 살아 있소
499번 죽어 있고 501번 살아 있기도 하오
그 반대일 때도 있소

수학자는 재미있다 하오
물리학자는 아름답다 하오
사람들은 웃긴다 하오
철학자는 그냥 웃어요

슈뢰딩거 선생,
시방 날 가지고 뭐 하는 겁니까?

미안하네, 고양이 양반

개로 하려고 했는데

그건 너무 개 같아서~

신의 주사위 놀이

어느 대학 총장이 한 말이다. "교수 10명을 나란히 세우기란 벼룩 10마리를 나란히 세우기보다 어렵다." 교수들이 오죽 말을 듣지 않았으면 그렇게 말했을까? 어디 교수만일까? 사람은 누구나 그렇다. 나는 세상을 살아가면서 만만한 사람은 하나도 없다는 것을 실감한다. 하지만 그것이 진정한 인간다움이 아닐까? 총장 말 잘 듣는 교수들만 있는 대학이 대학일까? 예측할 수 없는 행동을 하는 데에서 창의성이 생기고 창의성이 있기에 위대한 문명을 이룰 수 있었다.

하지만 자연은 인간과 다르다. 변덕스럽지도 않고 그래서 예측이 가능하다. 기상청은 일기 예측을 잘못해서 욕을 먹기도 하지만 그것은 일기가 변덕스러워서 그런 것이 아니다. 요즈음은 기상관측 기술과 예측 프로그램의 정확성이 높아져서 일기 예보도 점점 정확해져가고 있다. 자연현상은 변덕스럽지 않다. 변덕스럽게 보이는 것은 아직 인간이 자연을 제대로 이해하지 못해서 그런 것이다. 자연이 변덕스럽지 않기 때문에 과학 이론을 만들어내는 것이 가능하고, 변덕스럽지 않기 때문에 예측과 통제를 할 수 있다.

그런데 이 믿음에 찬물을 끼얹는 이론이 나왔다. 그것은 바로 양자역학에서 말하는 불확정성원리다. 불확정성원리란 전자나 원자와 같은 작은 입자의 상태(위치와 속도, 운동량과 에너지 등)를 정확히 아는 것이 불가능하다는 것이다. 우리가 어떤 입자의 상태를 알기 위해서는 관찰을 해야 하는데, 관찰하는 행위 자체가 관찰 대상의 상태를 교란하기 때문에 원래의 상태를 아는 것은 불가능하다는 것이다. 그런데 우리를 더욱 당혹하게 하는 것은 이 불가능이 기술적인 문제가 아니라 본질적인 문제라는 것이다. 다시 말하면 아무리 기술이 발달하더라도 알 수 없다는 것이다. 더 심하게 말하면 전지전능한 신이라고 할지라도 알 수 없다는 것이다.

이 같은 참혹한 말이 어디 있을까? 진실을 밝히려는 인간의 노력에 이보다 더 큰 좌절을 안겨주는 말이 어디 있을까? 아무리 노력해도 안 된다니! 이것은 수학에서 쿠르트 괴델

Kurt Gödel의 불완전성원리와 함께 학자들에게는 크나큰 좌절이 아닐 수 없다. 그래서 아인슈타인은 끝까지 이 불확정성을 믿지 않았다. 결국 그는 "신은 주사위 놀이를 하지 않는다"라는 유명한 말을 남기고 갔다. 하지만 아무리 아인슈타인이 그랬다고 해도 아닌 것은 아닌 것이다. 현재 불확정성원리는 양자역학의 굳건한 버팀목이 되었고 이를 믿지 않는 과학자는 아무도 없다.

이 불확정성원리가 자연에만 존재하는 것은 아니다. 인간사에는 불확정성이 더 일상적으로 존재하고 있다. 이렇게 생각해보자. 어머니가, 딸이 무엇을 먹고 싶은지 알기 위해서 "무엇을 먹고 싶니?" 이렇게 물었다고 하자. 아이는 원래 아이스크림을 먹고 싶었는데 그러면 야단맞을 것 같아 "우유!"라고 대답해 버린다. 그러면 어머니가 딸의 마음을 제대로 알아낸 걸까? 아니다. 관찰 행위 자체가 그 대상을 교란해서 실상과는 다른 것을 관찰하게 된 것이다. 이런 교란을 적게 하려면 아주 미약하게 관찰해야 한다. 그 사람에게 가까이 가지도 말고 말을 걸지도 말고 아주 몰래 관찰해야 한다. 그러면 관찰 대상을 교란하지는 않지만, 실상을 알기는 더 어려워진다. 관찰을 약하게 하면 실상을 알기 어렵고, 관찰을 강하게 하면 관찰 행위 자체가 대상을 교란해서 실상을 바꾸어 버린다. 이래저래 그 사람의 실제 상태를 완전히 아는 것은 불가능하다. 이것이 양자역학의 불확정성원리와 완전히 같은 상황이라고 할 수는 없어도 그 의미는 비슷하다.

나는 이 '진실을 아는 것이 불가능하다'는 사실이 마냥 나쁜 것은 아니라고 생각한다. 만약 우리가 어떤 한 인간의 생각을 정확히 알아낼 수 있다고 생각해보자. 그 한 인간이 내가 미워하는 그 누구이면 좋겠지만, 나 자신이 바로 그 인간이라면 어떻겠는가? 아찔한가? 그 아찔함이 나의 죄가 드러날까 하는 두려움 때문만은 아니다. 죄가 없는 사람이라도 자기의 속이 만천하에 드러나는 것이 좋을 리는 없다. 애인에게 어떤 깜짝 선물을 하려 계획하고 있는데 그 계획이나 의도가 사전에 탄로 나버리면 어떨까?

진실은 밝혀지기 위해서만 존재하는 것은 아니다. 어떤 진실은 밝혀지지 않아야 더 가치가 있는 것도 있다. 사랑도 은밀할 때 더 사랑답듯이, 인간의 존엄, 자아, 자존, 자유, 이런 것들은 모두 개인만의 고유한 무엇이어야 하고 범접할 수 없는 그 무엇이어야 한다. 인간이 아닌 원자나 전자 그리고 돌멩이 하나도 존엄하다. 존엄하기에 다 알 수 없는 것이 아닐까? 진실은 드러나지 않았을 때 더 진실답다.

불확정성원리, 그것은 만물에 쏟아진 축복이다. 신은 주사위 놀이를 할 뿐만 아니라 오히려 그것을 즐기고 있을지도 모를 일이다.

신의 농담

얼마나 지겨울까?
한 치의 오차도 없이
세상을 돌리는 것이

그래서 가끔 신은
졸기도 하고 졸다가 자기도 하고
아주 깊은 잠에 빠지기도 한다네

심심하면 주사위를 던지기도 하지

신이 던진 주사위로
부지런한 놈이 돌에 맞기도 하고
게으른 놈이 돈에 맞기도 하지

신도
가끔은 농담도 하고
헛소리도 하고
개구쟁이 짓도 하지

세상은

신이 하는 농담에

가끔 웃기도 하지

체셔 고양이의 웃음

『이상한 나라의 앨리스Alice in Wonderland』에는 체셔 고양이가 등장한다. 고양이가 웃고 있는데 꼬리가 없어지고 다음으로 몸이 없어지고 마지막으로 머리까지 없어졌다. 그런데 그 와중에도 고양이 웃음만 남아 있는 신기한 현상이 나타난다. 이것은 소설 속의 이야기니 그냥 웃어넘겨 버릴 수도 있다. 그런데도 이 장면은 오랫동안 내 기억에 남아 있다. 왜 웃음만 남으면 안 되는가? 고양이의 웃음, 이 웃음은 고양이 얼굴에 붙어 있는가, 아니면 얼굴과는 따로 존재하는가? 도대체 웃음이라는 것이 정말로 존재하기나 하는가?

사실 체셔 고양이의 웃음은 도처에 존재한다. 사람의 인상은 체셔 고양이의 웃음이다. 사람이 떠나고 난 뒤에도 그 사람의 인상은 체셔 고양이 웃음처럼 남는다. 사람이 죽어도 그 사람이 한 일들은 체셔 고양이 웃음처럼 오래 남는다. 체셔 고양이의 웃음은 고양이의 얼굴과 표정이 만들어낸 그 무엇이다. 여기 아름다운 정원이 있다고 하자. 꽃과 나무, 흙과 돌들이 어우러져 정원을 만든다. 이 정원의 아름다움도 체셔 고양이 웃음이다.

모든 물체는 그 물체를 구성하는 물질적인 것과 물질이 어우러져 만들어내는 속성이 있다. 이 둘이 같다고 할 수는 없지만 그렇다고 분리할 수 있는 것도 아니다. 물질은 있지만, 물질의 속성은 없다고 할 수도 없다. 고양이는 실제로 존재하지만 고양이 웃음은 존재하지 않는다고 하는 것도 말이 안 된다.

물질도 존재하고 물질의 속성도 존재하지만, 이 두 존재가 같은 존재는 아니다. 물질이 텍스트text적인 존재라면 속성은 콘텍스트context적인 존재다. 물질은 객관적인 대상으로 존재하지만, 속성은 물질이 어우러져서 만들어낸 물질 아닌 그 무엇이다. 속성은 인간의 관념이 만들고 정의한 존재이다. 하지만 엄격한 의미에서 존재한다고 하는 것은 물질이지 물질의 속성은 아니다. 물질은 만질 수 있고, 볼 수도 있고, 관측이 가능하다. 물질의 속성은 그런 존재가 아니다. 하지만 인간은 존재하지도 않는 것을 마치 실체적으로 존재하는 것처럼 인식하는 능력이 있다. 『호모 사피엔스Homo Sapiens』의 저자 유발 하라리Yuval Noah Harari는 인류 문명은 이러한 허구를 믿는 인간의 능력 때문에 가능했다고 한다.

『이상한 나라의 앨리스』를 쓴 루이스 캐럴Lewis Carroll에게는 고양이보다 고양이 웃음이 더 의미가 있었을지 모른다. 사람들이 육체보다 정신이 중요하다고 할 때 그 정신도 체셔 고양이 웃음과 같은 것이다. 과학에서 다루는 질량, 에너지, 운동량 등도 어떤 면에서 체셔 고양이 웃음이다.

물체는 여러 가지 속성을 가지고 있다. 여기 뜨거운 물체가 있다고 하자. 그 물체가 가지고 있는 온기는 물체 자체일까, 아니면 물체와는 별개인 온기라는 그 무엇이 와서 붙은 것일까? 냉기라는 말도 있다. 추운 겨울에는 벽에서 냉기가 나온다고 한다. 이 온기와 냉기란, 물질과는 별도로 존재하는 독립적인 무엇일까? 옛날 과학자들은 그렇다고 생각했다. 그래서 소위 열소熱素라는 원소가 있다고 믿었다. 하지만 자연에 냉기나 온기와 같은 것은 없다. 다만 물체를 이루는 원자들이 빠르게 운동을 하면 온기로 느끼고, 느리게 운동하면 냉기로 느끼는 것이다. 비슷한 사례로, 사람들은 마치 밝음과 어둠이 따로 있는 것처럼 생각한다. 하지만 밤이 되는 것은 어둠이 대지를 덮기 때문이 아니라 빛이 없어졌기 때문이다. 밝음과 어둠이 따로 있는 것이 아니듯이 냉기와 온기도 따로 있는 것이 아니라 그냥 열이 있을 뿐이다. 그리고 이 열이라는 것도 독립된 어떤 실체가 아니라 물체를 이루는 분자들의 운동일 뿐이다.

이 모든 것이 물체와 물체가 가지고 있는 속성을 구별하지 못하는 데서 오는 문제다. 물체는 실체이지만 속성은 실체가 아니다. 속성은 물체가 가지고 있는 성질이기 때문에 속성을 물체와 분리할 수는 없다. 물체의 길이, 부피, 모양, 질량, 온도, 색깔, 전하, 에너지 등은 모두 물체의 속성이지 물체에 붙어 있는 그 무엇이 아니다. 이 모든 것은 물체로부터 인간이 만들어낸 관념일 뿐이다.

이런 오류는 물체에만 나타나는 것이 아니다. 정신이 이상한 사람을 귀신 붙었다고 말하고 귀신을 쫓아내기 위해서 굿을 하기도 한다. 이것은 사람의 정신이 육체와 분리된 어떤 독립적인 실체라고 생각하는 데서 생긴 오류다. 육체와 분리된 정신이 있는 것이 아니다. 굿을 한다고 정신을 육체에서 분리해낼 수 있는 것은 더욱 아니다. 정신의 모습인 사람의 성격은 사람의 속성이지 육체에서 분리해낼 수 있는 것이 아니다. 몸이 사라진 고양이 웃음이 있을 수 없듯이 물체가 없는 물체의 모양이 있을 수 없고, 질량이 있을 수 없고, 온도가 있을 수 없다. 육체가 없는 정신이 있을 수 없고, 육체가 없는 영혼이 있을 수 없다.

하지만 어리석은 인간들에게 질량, 모양, 색깔, 온도, 정신, 영혼은 도처에 실제로 존재한다. 천당도 있고 귀신도 있다. 몸이 사라진 체셔 고양이의 웃음처럼 말이다. 얼굴 없는 웃음, 참 우습다. 하지만 사람들은 얼굴이 아니라 웃음에 더 관심이 많다.

체셔 고양이 웃음 같은 것이라도

당신은 가고
남은 것이라곤 아무것도 없네

내 가슴에 닿았던 당신의 얼굴
당신 얼굴이 닿았던 이 가슴에

당신의 얼굴만이라도

얼굴의 표정만이라도

밀가루처럼 분가루처럼
묻어라도 있다면

이렇게 몹시도 그리운 날

체셔 고양이 웃음 같은 것이라도
……

아무것도 없네
아무것도 없네

체셔 고양이 웃음 같은 것이라도
없네

양자 얽힘

양자역학의 양자도 어려운데 이 양자가 얽히는 현상인 양자 얽힘은 물리학자들에게도 어려운 개념이다. 하지만 물리학자에게 어렵다고 일반인들에게도 어려울까? 상식적으로 생각하면 그렇겠지만 양자 얽힘은 일반인들에게 오히려 더 친근한 개념이 될 수도 있다.

물리학에서는 어떤 물체에 어떤 영향이 작용하려면 서로 접촉이 있어야 한다. 멀리 떨어져서 서로에게 영향을 미치는 것은 불가능하다. 이것을 상호 작용의 '국지성locality'이라고 한다. 멀리 떨어져 있어도 즉시적으로 영향을 주는 것을 원격작용action-at-a-distance이라고 하는데 이것은 절대 불가능하다고 보는 것이 고전역학이다. 상호 작용의 국지성은 고전역학의 기초이자 과학의 본질이라고 생각해왔다. 우리가 텔레파시를 부정하는 것은 바로 이 국지성을 위반하기 때문이다. 그런데 양자 얽힘 현상은 멀리 떨어져 있는 두 물체가 서로 영향을 미치고 있는 것처럼 보이는 현상을 말한다. 정확히 말하면 영향을 미친다는 말이 아니라 서로 한 몸처럼 행동한다고 보는 것이 옳을지 모르겠다. 그래서 얽혀 있다는 표현이 더 좋은 표현이라고 생각한다.

물론 멀리 떨어져 있는 태양도 지구에 영향을 미치고 있다. 하지만 이것은 중력장이라는 매개체를 통해서 지구와 태양이 서로 영향을 미치는 것이다. 중력이 태양에서 지구까지 전달되는 데는 약 8분이라는 시간이 걸린다. 따라서 태양이 아무리 급해도 지구를 어떻게 하려면 8분이라는 시간이 필요하다. 태양이 지구에 즉시적으로 영향을 미칠 수는 없다.

그런데 이 양자 얽힘이라는 현상은 아무리 멀리 떨어져 있어도 즉시적으로 영향을 미치는 현상이다. 이것을 아는 물리학자는 많겠지만 이것을 받아들이는 물리학자는 많지 않고, 그것을 이해하는 물리학자는 매우 드물다. 아마도 이것을 완전하게 설명할 수 있는 물리학자는 없을지도 모른다.

하지만, 이 개념은 일반인들에게는 그렇게 생소한 것이 아니다. 마리오 분게Mario Augusto Bunge라는 아르헨티나 출신의 과학철학자는 이 양자 얽힘을 "아무리 멀리 떨어져 있어도 부부는 부부다"라는 비유적인 말로 설명하고 있다. 부부가 아무리 멀리 떨어져 있어도 서로 남남은 아니지 않은가? 물론 남남은 아니다. 하지만 이 둘이 서로 그리워하고 있더라도 무슨 방법으로 서로 영향을 주고받을 수 있을까? 영향을 줄 수 없다고 생각하는 것이 물리학자들의 생각이라면, 일반인들은 그래도 무슨 방법으로라도 영향을 주고받을 수 있다고 믿는다. 멀리 있는 자식이나 애인이 무사하기를 기도한다. 그런 행동의 배경에는 아무리 멀리 있어도 내가 이렇게 기도하면 그 소원이 이루어질 것이라는 믿음이 있다. 이렇게 막연하게 믿기가 좀 어려우면 하느님이나 부처님이 내 기도를 듣고 소원이 성취되게 멀리 있는 자식이나 애인에게 영향을 줄 수 있다고 생각한다. 이러한 생각은 일반인들에게는 당연한 생각이지만 물리학자들은 이해하기 너무 어렵다.

그런데 물리학자들에게도 그러한 현상을 받아들이지 않으면 안 되는 현상이 나타났다. 그것이 바로 양자 얽힘 현상이다. 부부처럼 짝을 이루는 두 양자가 탄생해서 하나는 오른쪽으로 가고 다른 하나는 왼쪽으로 갔다고 하자. 그리고 이 둘이 10만 광년쯤 멀리 가버렸다고 하자. 두 양자는 각각 두 가지 상태(하나를 +, 다른 하나를 −라고 하자)가 있을 수 있다. 두 입자는 이 두 상태의 합이 항상 영(0)이어야 한다. 다시 말해 하나가 +면 다른 하나는 −가 되어야 한다. 관찰하기 전에는 +와 −가 중첩된 상태이다가 관찰하는 순간 어느 한 상태로 나타난다. 입자 하나를 관찰했더니 상태가 +였다면 10만 광년 떨어져 있는 다른 입자는 반드시 −여야 한다는 것이다. 관찰하는 순간 10만 광년 떨어져 있는 자기 짝의 상태가 결정된다는 것이다. 10만 광년이나 떨어져 있는 입자가 서로 순간적으로 연결되어 있다는 말이다.

이 문제에 대해서 1935년 아인슈타인과 동료들은 원격 작용이 불가능하다는 것을 논박하는 논문을 발표했다. 소위 'EPR 역설'로 알려진 아인슈타인-포돌스키-로젠Einstein-Podolsky-Rosen 사고실험이다. 이들은 동시에 만들어져서 멀리 떨어져 있는 두 전자의 스핀은 만들어질 때 이미 하나는 +, 다른 하나는 −로 되어 있으므로 아무리 멀리 가도 그 상태가 유지되는 것이어서 하나의 전자를 관찰했을 때 +로 나타났다면 다른 하나는 당연히 −가 될 수밖에 없다는 것이다. 이렇게 둘은 미리 결정되어 있었다는 이 결정을 '숨은 변수hidden variables'

라고 부른다. 그러므로 한 전자를 관측하는 것이 멀리 있는 다른 전자에 즉시적으로 영향을 주어서 그렇게 되는 것이 아니라 이미 만들어질 때 반대가 되도록 만들어졌기 때문이라는 것이다. 따라서 아무런 원격작용도 일어나지 않았고 과학의 국지성 문제가 생기지도 않는다는 주장이다. 두 주장이 모두 한 전자를 관측하면 자동으로 다른 전자의 스핀 상태가 반대인 것으로 나타난다는 점에서는 같다. 하지만 그렇게 나타나는 까닭에 대한 주장은 다르다. 하나는 미리 서로 반대인 상태로 되어 있었기 때문이라는 주장이고, 다른 하나는 미리 결정되어 있었던 것이 아니라 관측하는 순간 결정된다는 주장이다. 이 두 주장은 과학계뿐만 아니라 철학계에도 엄청난 파문을 불러왔고 많은 논쟁을 벌였으며 아직도 그 논쟁이 완전히 끝나지는 않았다.

EPR 논쟁의 핵심은 멀리 떨어져 있는 두 전자의 스핀 상태가 탄생 당시에 만들어져서 계속 유지된 것이냐, 아니면 한 전자를 관측하는 순간 만들어지는 것이냐의 문제가 된다. 둘 다 각자의 주장으로 예상되는 결과가 같으니 어느 주장이 맞는지 실험을 통해 밝히는 것은 불가능한 것처럼 보인다. 그런 소용돌이 속에서 기적 같은 일이 일어났다. 1964년 북아

일랜드의 천재 수학자 존 벨John Stewart Bell이 나와서 이 논쟁을 판결할 수 있는 수학적 방법을 내놓았다. 소위 벨의 부등식Bell's inequality이라는 것인데, 두 전자의 스핀이 미리 결정되어 있었던 것인지 관측하는 순간 결정되는 것인지 가려낼 수학적인 방법이 있다는 것이다. 그 방법은, 두 경우 실제로 나타나는 확률이 어떻게 달라지는지를 수학적으로 밝힌 것이다. 안타깝게도 그 당시로는 그 확률을 실험적으로 측정할 수 있는 기술이 없어서 누구 주장이 맞는지 확인할 수 없었다. 하지만 논리적으로 누구 말이 맞는지 구별할 수 있다는 것이기 때문에 EPR 역설은 논리적으로 역설이 아닌 것이 되어버렸다. 남은 문제는 실험으로 확인만 하면 되는 것이다. 드디어 1970년 초반 버클리 대학의 스튜어트 프리드먼Stuart Freedman과 존 클라우저John Clauser가 처음으로 실험에 성공했다. 1980년대에 프랑스의 알랭 아스펙Alain Aspect 등은 더 정밀한 측정을 통해 EPR의 주장이 틀렸음을 보여주었다.

결국 멀리 떨어져 있는 두 전자는 서로 연결되어 있다는 것을 의미한다. 이것을 양자 얽힘quantum entanglement이라고 한다. 여기서 주의할 점이 있다. 두 전자가 서로 얽혀 있다는 것이 서로 즉시적으로 영향을 주고받는다는 말은 아니라는 점이다. 만약 즉시적으로 영향을 주고받는다면 모든 영향은 빛보다 빨리 전달될 수 없다는 특수상대성 이론을 위반하는 것이다. 그런 일은 아직 불가능하다. 얽혀 있다는 말은 영향을 준다는 말과는 다르다. 이것은 매우 미묘한 문제이기는 하지만 둘은 전혀 다른 말이라는 것을 알아야 한다.

얽혀 있지만, 영향을 미치는 것은 아니라는 말은 말도 안 되는 말장난처럼 들리기도 한다. 서로 영향을 미치지 못하는데 한쪽이 결정되면 동시에 다른 쪽도 결정되는 것이 어떻게 가능하단 말인가? 아마도 이것을 이해하는 사람은 지구상에 아무도 없을지 모른다. 하지만 모르기는 해도 사실이다. 사실 앞에는 어떤 이론도 머리를 숙일 수밖에 없는 것이다.

우리가 이해하기는 어렵지만, 우주 만물은 서로 얽혀 있다. 하물며 너와 내가, 남한과 북한이, 지구상의 모든 인간이 아무 관계가 없는 사이겠는가? 우리가 알지 못하는 방식으로 우리는 서로 얽혀 있는 것이 아닐까?

기도

멀리 전쟁터에 나간 아들을 위해서
기도하는 저 여인의 떨리는 가슴

아침상을 차리며
아들의 밥을 그릇에 담는
저 손의 미세한 떨림

그대는 이 떨림이 어찌
이 여인에게만 머문다고 하는가

그대는 보지 못하는가?

전쟁터의 아들을 방패처럼 감싸고 있는
이 여인의 강철 같은 저 떨림을

바꿔치기

얼마 전에 식당에서 내 신발이 바뀌었다. 상표와 크기까지 같았지만 내 신발이 아니라는 것은 금방 알아볼 수 있었다. 신었을 때의 느낌, 묻은 때, 매듭의 모양, 비슷해도 절대로 같지는 않았다.

산부인과에서는 아기가 바뀌는 일이 가끔 일어나기도 한다. 갓난아기들은 거의 비슷비슷해서 그런 일이 일어날 수도 있다. 하지만 유전자 검사만 해보아도 아이의 부모를 확인할 수 있다. 비슷하다고 해서 정말로 같은 것은 아니다.

이 세상에 완전히 똑같은 둘이 있을까? 아무리 닮은 쌍둥이라도 신체의 모든 것이 같을 수는 없다. 사람은 복잡한 구조로 되어 있으니 말이다. 그렇다면 공장에서 찍어낸 물건은 같을까? 보기에는 같아도 표면의 상태를 현미경으로 본다면 같지 않을 것이다. 단단하고 매끄러운 당구공도 두 당구공이 원자 수준에서 같기는 불가능하다. 그렇다면 원자는 어떨까?

여기 모든 점에서 똑같은 두 전자가 있다고 하자. 한 전자는 상자 속에 있고 다른 전자는 상자 밖에 있다. 상자 밖에 있던 전자가 상자 속으로 들어갔다고 하자. 그리고 다시 한 전자가 상자 밖으로 나왔다고 하자. 이 경우 들어갔던 전자가 다시 나왔는지, 상자 속에 있던 전자가 나왔는지 구별할 수 있을까?

크기, 질량, 전하량 등 모든 것이 똑같은 두 전자인데 어느 것이 나왔는지 어떻게 알 수 있을까, 생각하겠지만 물리학에서 이것은 매우 중요한 문제가 된다. 두 경우가 구별되지 않는 입자를 물리학에서는 '동등입자identical particles'라고 한다. 두 전자는 동등입자일까?

모든 물리적 특성이 동일해도(물론 동일하다는 것을 증명하는 것이 간단한 일은 아니지만) 우리가 두 전자의 이동 경로를 자세히 들여다본다면 들어갔던 전자가 나왔는지 안에 있는 전자가 나왔는지 확인할 수 있을 것이다. 그런데 그게 아니다. 고전물리학에서는 확인할 수 있다고 한다. 하지만 양자역학에서는 그렇지 않다. 양자역학에서는 불확정성원리 때문에 전자의 이동 경로를 정확히 알고자 하면 전자의 운동량이 모호해지고 운동량을 정확히 알고자 하면 이동 경로가 모호해진다. 이동하던 전자인지 가만히 있던 전자인지 구별하려면 전자의 운동량을 정확히 알아야 하는데 그렇게 하려면 전자의 위치가 모호해진다. 위치가 모호해지면 안에 있던 전자인지 들어온 전자인지 구별이 안 된다. 반면 전자의 위치를 정확히 알려면 운동량이 모호해진다. 그렇게 되면 다시 가만히 있던 전자인지 움직이던 전자인지가 모호해진다. 그래서 어느 전자가 어느 전자인지 구별하는 것은 이래저래 어려워진다. 이렇게 불확정성원리가 지배하는 미시세계에서는 경로를 조사하는 방법을 통해서 어느 입자가 어느 입자인지 알아내는 것이 불가능하다.

그렇다면 동등 입자인지 아닌지 구별하는 방법은 무엇인가?

이렇게 생각해보자. 어떤 회사의 한 부서에는 팀장과 '철수'와 '수철'이라는 두 팀원이 있다. 어느 날 사장이 팀장에게 '철수'를 해고하라고 명령한다. 그리고 제대로 처리하지 않으면 팀장을 파면시켜버리겠다고 선포한다. 그런데 이 팀장은 사오정 모양으로 들은 말을 잊어버렸다. 다 해고하라고 했는지, 아무도 해고하지 말라고 했는지, 철수만 해고하라고 했는지, 수철이만 해고하라고 했는지 도무지 기억이 나지 않는다. 그리고 사장은 너무나 무서운 사람이어서 다시 물어본다는 것은 있을 수 없는 일이다. 이 경우 팀장이 살아남을 확률은 얼마가 될까?

팀장이 살아남을 확률은 철수와 수철이가 동등인물(동등입자)인가 아닌가에 따라서 달라진다. 팀장이 할 수 있는 방법에는 둘 다 해고하는 것, 둘 다 해고하지 않는 것, 철수만 해고하는 것, 수철이만 해고하는 것, 4가지 경우가 있을 수 있다. 그중에서 팀장은 철수만 해고하는 경우에는 살아남고 다른 경우에는 해고된다. 그러면 팀장이 살아남을 확률은 얼마인가? 당연히 4분의 1(25퍼센트)이다. 그런데 만약 철수와 수철이가 동등한 인물(구별이 불가능한 인물)이라면 어떻게 될까? 이 경우에는 철수를 해고해도 되고 수철이를 해고해도 된다. 경우의 수는 둘 다 해고하는 것, 둘 다 해고하지 않는 것, 한 사람만 해고하는 것, 이렇게 3가지다. 따라서 팀장이 살아남을 확률은 3분의 1(33퍼센트)이다. 팀장이 살아남을 확률이 높아지는 것이다.

그것은 확률일 뿐이지 동등입자와 무슨 관계가 있느냐고 할지 모른다. 하지만 양자역학이나 통계역학에서는 확률이 곧 현실이다. 확률이 높은 현상은 실제로 잘 일어나고 확률이 낮은 현상은 실제로 잘 일어나지 않는다. 그리고 이 예화를 수억 번 시행한다고 가정하면 팀장이 죽을 확률이 현실로 나타날 것이다. 현실에 그런 팀이 수억 개 있는 것은 불가능하지만 작은 물방울 하나에도 원자의 수는 아보가드로수($\sim 10^{23}$) 정도로 많으니 수억이 아니라 수천억, 수천조도 다반사로 존재한다. 그런 세상에서는 이런 확률은 현실이 되는 것이다.

물리학에서는 전자는 물론 양성자, 중성자, 광자, 쿼크 등 대부분의 소립자가 동등입자이다. 동등입자인 경우에는 두 입자가 서로 바뀌어도 바뀌었다는 사실을 알아낼 방법이 없다. 떨어져 있는 두 입자를 바꿔치기해도 우주는 전혀 달라지지 않는다. 이렇게 말하면 불경스러울지 모르지만, 두 입자가 바꿔치기 당했다는 것을 전지전능한 하느님도 알 수 없다.

우리가 살아가는 일상에서 동등입자를 경험하는 것은 불가능하다. 그러므로 완전 범죄란 있을 수 없다. 하지만 양자 세계에서는 완전 범죄가 얼마든지 가능하다. 두 입자를 바꿔치기해놓고도 시치미 떼고 있어도 된다. 아무리 유능한 탐정이라도 정말로 바꿔치기했는지 하지 않았는지 밝혀낼 수 없기 때문이다.

그런데 만약 사람이 동등입자라면 크나큰 문제가 생길 것이다. 언젠가 뉴스에서 아내 바꾸기 사건이 보도된 일이 있었다. 정말 큰일이다. 하지만 양자 세계에서는 그런 것은 아무런 문제도 되지 않는다. 바뀐 것인지 아닌지 알아내는 것이 불가능하기 때문이다. 그 세상에서는 내 아내가 모두의 아내가 돼도 어쩔 수 없는 일이다.

그렇게 보면 동등입자가 존재하지 않는 일상의 세상에 내가 살고 있다는 것이 얼마나 다행인지 모른다. 뭐, 그런 세상이 더 좋다고?

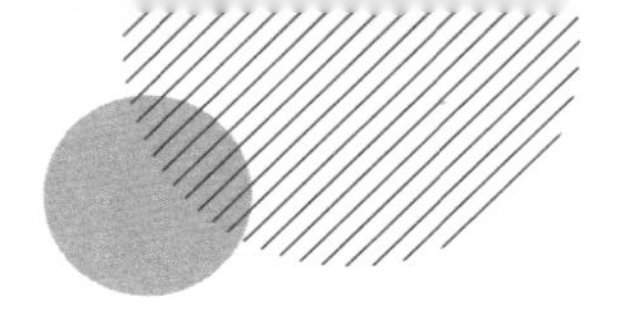

복사본

네놈이 나란 말이지

내가 네놈이기도 하고

난 네놈이 무슨 짓을 했는지 다 알지

네놈도 내가 무슨 짓을 했는지 다 알 거고

네놈의 애인이 누군지 나는 알지

네놈도 내 애인이 누군지 알 거고

문제는

내 애인이 바로 네놈의 애인이기도 하다는 거야

그런데 어쩌지

내 애인을 절대로 네놈에게 주고 싶지는 않거든!

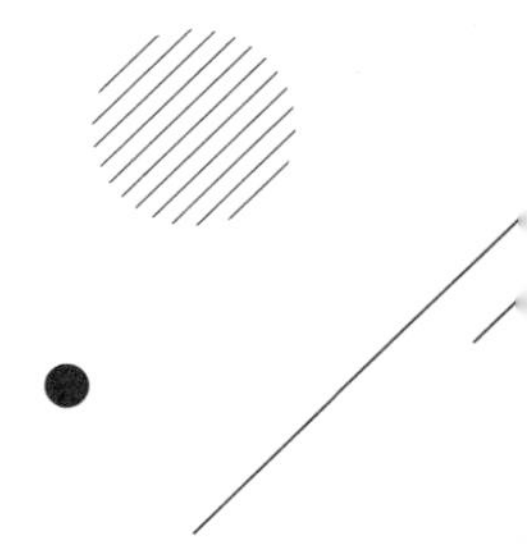

선택, 존재 이유

두 사람이 있었다. 고등학교 동창생이고 단짝이다. 학교가 끝나고 교문을 나선 그들 앞에는 두 가지 선택이 기다리고 있었다. 하나는 파티에 가는 것, 다른 하나는 교회에 가는 것이다. 어디를 갈까 고민하다가 한 친구는 파티에, 한 친구는 교회에 갔다. 그리고 30년이 흘렀다. 파티에 간 친구는 아리따운 아가씨에게 빠졌고 결국에는 강도가 되었다. 교회에 갔던 친구는 목사님의 설교에 감동했고, 열심히 공부해 미국의 대통령이 되었다. 30년 전 갈림길에서 이루어진 순간의 선택이 한 사람은 백악관에, 한 사람은 교도소에 있게 만든 것이다.

어떤 이는 이것을 실화라고 소개하지만 나는 그렇게 생각하지 않는다. 파티에 간 사람이 성공하고 교회에 간 사람이 실패하는 경우도 가능하기 때문이다. 실화는 아닐지 몰라도 현실에서 얼마든지 일어날 수 있는 일이다. 우리는 그보다 더 극적인 일들을 역사에서 수없이 봐오지 않았던가?

로마 황제 카이사르도 루비콘강을 건너기 전에 아마도 망설였을 것이다. 그 망설임은 자기 앞에 전개해 있을 미래 중에 어떤 미래를 선택할 것인가에 대한 망설임이었을 것이다. 하지만 그는 루비콘강을 건너는 선택을 했고, 그 선택으로 지금의 로마 역사가 만들어진 것이다. 그때 루비콘강을 건너지 않기로 했다면 로마의 역사는 달라졌을 것이며, 세상은 지금과는 다른 세상이 되었을 것이다. 나도 지난날을 돌이켜보면 순간순간이 선택의 연속이었다는 생각이 든다.

미래는 가능성이다. 가능성은 무한하다. 무슨 일이라도 일어날 수 있는 것이 미래다. 내일이라는 당신의 미래도 하나가 아니다. 수많은 당신의 내일이 있다. 하지만 과거는 다르다. 과거는 역사다. 역사는 선택된 미래다. 수없이 많은 당신의 내일 중의 하나가 선택되어 오늘이 되고 과거가 된다. 과거는 선택되었기 때문에 하나뿐이다. 선택되었기에 과거는 바꿀 수도 없다.

시간이란 무엇인가? 시간이 흘러간다는 것은 미래가 현재로, 현재가 과거로 변한다는 것을 말한다. 시간은 수없이 많은 미래 중의 하나를 선택하는 행위라고 할 수 있다. 시간에 의해 수없이 많던 미래 중에서 하나만 선택된다. 이것이 미래가 과거로 변하는 방식이다. 시간은 미래를 죽이는 킬러다. 다 죽이지는 않고 단 한 개만 남겨놓는다. 딱 한 개만 말이다. 그렇게 한 개만 남겨진 것이 과거고 역사고 인생이다.

인생에서 미래는 가능성이자 꿈이다. 나는 평생을 살아오면서 얼마나 많은 나의 꿈들을 살해해왔던가? 없던 꿈을 만들어 실현하는 것이 아니다. 인생은 수많은 꿈을 살해하고 한 개만 남겨놓는 일이다. 이렇게 보면 인생은 결국 꿈을 살해하는 여정이 아니던가?

미래가 정해지지 않은 가능성이라면 과거는 결정된 결과다. 미래는 양자역학에서 말하는 중첩된 상태와 유사하다. 양자역학적으로 보면 미래는 다양한 상태가 중첩되어 공존하는 상태이고 현재는 그 중첩된 상태 중에서 선택된 유일한 한 개의 상태라고 할 수 있다. 과거는 이렇게 수많은 미래 중에서 유일하게 선택된 것의 기록 또는 기억이다.

양자역학적으로 미래는 관측되지 않은 상태이고, 과거는 관측된 기록이다. 여기 전자가 하나 있다고 하자. 이 전자를 관측하기 전에, 전자는 우주 어디에나 존재한다. 하지만 관측을 하게 되면 이 전자는 한 곳에만 존재한다. 우주 어디에나 존재하는 전자는 관측되기 전의 존재 확률일 뿐이다. 그것은 전자의 미래다. 미래이기 때문에 어디에나 존재할 수 있다. 하지만 관측을 하는 순간 전자는 어느 한곳에만 존재한다. 수없이 많은 미래가 시간에 의해서 하나로 선택이 되듯이, 전자는 관측이라는 행위를 통해서 수없이 많던 전자가 하나로 결정되는 것이다. 이렇게 보면 관찰이라는 행위는 시간이 그러하듯 수없이 많은 가능성을 살해하고 하나만 선택하는 행위이다.

오늘이 되기 전에는 수없이 많은 내일이 있듯이 관측을 하기 전에는 수없이 많은 전자가 있었다. 오늘이 되면 그 많던 내일은 오직 하나만 선택되듯이 관측을 하게 되면 그 많던 전자들은 오직 하나만 존재하게 된다.

매 순간 우리는 선택을 한다. 이 선택의 결과가 밤하늘에 반짝이는 저 수많은 별이 되고, 우주가 되고, 오늘의 내가 된 것이다. 선택, 그것은 모든 존재의 존재 이유다.

선택

그때,

내 앞에는

문이 두 개 있었다

나는 왼쪽 문으로 들어갔고

또 다른 나는 오른쪽 문으로 들어갔다

왼쪽 문으로 들어간 나는

오른쪽 문으로 들어간 나를 모르고

오른쪽 문으로 들어간 나는

왼쪽 문으로 들어간 나를 모르고

지금의 나는, 그때

왼쪽 문으로 들어간 나인지

오른쪽 문으로 들어간 나인지

아무도 모른다

영원히

진공, 우주의 난장판

철학에서 가장 큰 난제가 무無라면, 수학의 난제는 영(0)이고 과학에서 가장 큰 난제는 진공이다. 무無, 영零, 공空은 같은 근원을 갖는 개념이라고 할 수 있다.

'아무것도 없다'는 말은 그 자체로 모순이다. 노자가 한 유명한 말, '도를 도라고 하면 이미 도가 아니다道可道 非常道'라는 말이 있듯이 무無를 무라고 하면 벌써 무가 아니다. '없는 것이 있다'고 하는 것은 논리적 모순이기 때문이다.

그냥 눈으로 보면 진공은 아무것도 없는 빈 공간이다. 하지만 우리 눈이 모든 것을 다 볼 수 있는 것은 아니다. 우리 눈은 원자조차도 볼 수 없다. 아무것도 안 보인다고 해서 정말로 아무것도 없다고 할 수는 없다.

양자역학의 불확정성원리에 의하면 진공은 혼란스러운 요동으로 차 있다. 1948년 네덜란드의 물리학자 헨드릭 카시미르Hendrick Casimir는 소위 카시미르 효과Casimir effect라는 매우 특이한 현상을 예언했다. 그는 진공에 얇은 금속판을 마주 보게 하면 두 판 사이에 인력이 작용할 것이라고 주장했다. 그 당시로는 그런 힘을 측정할 수 있는 기술이 없었지만 1997년 미국의 물리학자 스티븐 라모어룩스Steven Lamoreux에 의해 아주 가벼운 두 판 사이에 작용하는 인력을 측정할 수 있었다. 진공 속에서 두 금속판 사이에 어떻게 인력이 작용할 수 있을까? 카시미르는 이것이 진공의 요동 때문이라고 했다.

아무것도 없는 진공이 요동을 치다니! 아무것도 없는 곳에 무엇이 요동을 친다는 말인가? 현대 물리학에서는 진공이 정말로 아무것도 없는 텅 빈 공간이 아니라 매우 난잡한 공간이라고 한다.

이렇게 생각해보자. 물결이 심하게 요동치는 바다를 생각하자. 이 바다에 넓은 두 판을 마주 보게 해두면 어떻게 될까? 마주 보는 두 판의 바깥에는 바닷물의 요동이 심하겠지만 두 판 사이에는 물의 요동이 비교적 잠잠할 것이다. 이렇게 되면 두 판은 바깥쪽에서 요동치는 물결 때문에 안쪽으로 밀리는 힘을 받게 될 것이다. 다시 말하면 두 판은 서로 접근하는 힘,

즉 인력이 작용하는 것처럼 보일 것이다. 카시미르 효과도 이와 마찬가지다. 아무것도 없는 진공도 사실은 아무것도 없는 것이 아니라 소위 '진공요동'이라는 요동이 존재하기 때문에 나타나는 현상이다.

그렇다면 왜 진공은 아무것도 없는 것처럼 보였을까? 어떤 사람의 재산이 1억 있다고 하자. 그리고 그 사람이 빚을 1억 지고 있다고 하자. 그러면 그 사람의 총 재산을 얼마라고 해야 할까? 재산을 다 팔아서 빚을 갚고 나면 남는 것이 아무것도 없다. 이 경우 그 사람의 재산은 없다고 말할 수 있다. 진공에 아무것도 없다는 것도 비슷한 의미다.

전기에는 +전기와 −전기가 있다. 어떤 물체가 전기를 띠고 있다는 것은 이 중에 어느 하나의 전기가 다른 것보다 많다는 말이다. 하지만 두 전기가 같은 양이 있을 때 우리는 전기가 '없다'고 말한다. 여기서 '없다'는 것이 정말로 아무것도 없다는 말은 아니다. 상반되는 두 성질이 같은 정도로 존재한다는 말이다.

전기뿐만이 아니다. 현대 입자물리학에서는 입자가 있으면 그에 대응하는 반입자가 존재한다. 전자의 반물질은 양전자다. 모든 입자에는 대응하는 반입자가 존재한다. 어떤 반입자는 전자처럼 발견된 것도 있지만 아직 실험실에서 발견하지 못한 것도 많다. 하지만 과학자들은 모든 입자에는 반입자가 있다고 생각한다.

이 입자와 반입자가 동시에 존재하면 아무 입자도 없는 것처럼 보인다. 진공이 이런 상태인 것이다. 입자와 반입자가 짧은 순간 생겨났다가 없어지는 공간이 진공이다. 만약 여러분 앞에 무엇이 짧은 순간 나왔다가 없어진다면 여러분은 그것이 나왔다가 없어졌다는 것을 알 수 있을까? 그것이 1초나 0.1초 정도라면 알아차릴 수 있을 것이다. 하지만 그것이 0.0001초라면 알아차릴 수 있을까? 아마 불가능할 것이다. 진공 속에서는 입자와 반입자가 이보다 어마어마하게 짧은 순간 나타났다가 없어진다. 이런 진공에 셔터 스피드가 1초나 0.1초인 카메라로, 아니 0.000001초인 카메라로 사진을 찍어도 아무것도 보이지 않을 것이다. 하지만 10^{-30}초인 짧은 순간을 찍는다면 어떻게 될까? 카메라에는 수많은 입자가 찍힐 것이다. 하지만 그런 카메라는 세상에 존재하지 않는다.

참 아이러니한 일이 아닐 수 없다. 아무것도 없는 진공이 눈에 보이는 세상보다 더 온전히 존재하는 세상이라니 말이다. 진공은 사실 입자와 반입자들이 난무하는 우주의 난장판이다. 조용한 사람이 사고 친다는 말이 있지 않은가? 조용한 진공이 현대 물리학에 큰 사고를 치고 있다.

찰나

오월의 오후,
나무늘보보다 느리게 흐르는
어느 노인의 시간 속에도

깜깜한 우주 텅 빈 허공
죽음처럼 적막한 진공 속에도

찰나는 숨어 있네

숨바꼭질하는 아이처럼
발견되기를 기다리는 지층 속의 다이아몬드처럼
먹잇감을 노리는 사자의 눈동자처럼

무료한 시간은, 그러나

황홀한 찰나의 연속

오르가슴의 정점

빅뱅의 바로 그 순간

존재는,

찰나 속에 숨어 있네

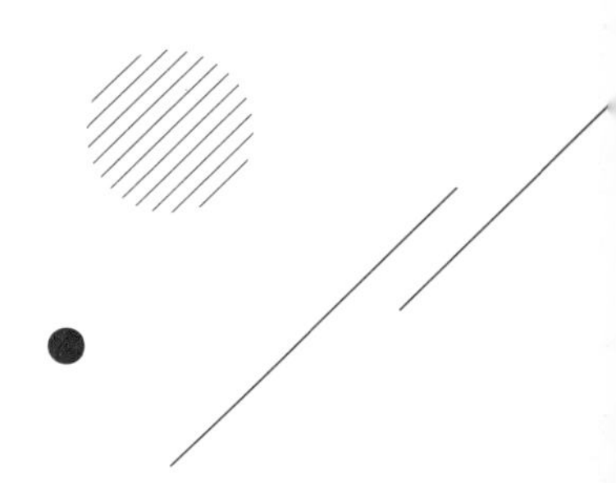

숨겨진 차원

우리는 세상을 보고 있지만, 세상의 '진짜' 모습을 보고 있는 것은 아니다. 눈을 포함한 우리의 감각기관은 세상의 참 모습을 볼 수 있는 장치는 되지 못한다. 간단하게 생각해보아도, 만물은 원자로 되어 있는데 우리는 원자를 볼 수 없다. 그러므로 과학자들은 보이는 세상이 아니라 세상에 대한 정보를 분석하고 추리해서 실제 세상이 어떤 모습일까 유추한다.

시간과 공간에 대한 이해도 마찬가지다. 우리의 감각기관으로 유추할 수 있는 시간은 1차원이고 공간은 3차원이다. 상대성 이론에서 4차원 공간이라는 것은 공간이 4차원이라는 것이 아니라 시간을 포함해서 4차원이라고 하는 것이다. 그래서 공간이라는 말 대신에 시공간이라는 말을 사용한다. 4차원이라고 해서 이상한 세상이 아니라 우리가 살아가고 있는 바로 이 공간이 4차원 공간(시공간)이다.

현대 입자물리학의 끈 이론string theory에서는 세상은 4차원이 아니라 11차원으로 되어 있다고 주장한다. 4차원을 넘어선 7차원은 '숨겨진 차원'이라고 말한다. 여기서 끈 이론을 전부 논하는 것은 불가능한 일이다. 하지만 숨겨진 차원이 무엇을 말하는지는 알 수 있다.

사실 우리가 보는 세상은 작게는 먼지와 같은 수백 마이크로미터에서 크게는 수십 킬로미터에 지나지 않는다. 그 이상은 관측한 데이터를 분석해서 유추할 수 있을 뿐이다. 태양의 지름이 150만 킬로미터나 되지만 우리 눈에는 고작 10여 센티미터 정도로 보일 뿐이다. 태양이 그렇게 크다는 것은 다른 여러 데이터를 종합하고 분석해서 내린 결론이지 우리가 그렇게 본다는 것이 아니다.

공간도 마찬가지다. 우리 눈은 소위 인간 스케일이라고 하는, 눈으로 볼 수 있는 공간을 가지고 공간이 3차원이라고 인식하고 있다. 하지만 아주 작은 세계는 우리가 볼 수도 없어서 우리 눈에 보이는 모습이 그 세계의 실제 공간이라고 할 수도 없다.

예를 들어서, 아주 멀리 점으로 보이는 물체가 있다고 하자.

그 물체는 정말 점일까? 점은 수학적으로 부피가 없는 0차원 공간이다. 별은 점으로 보이지만 실제의 별은 모양과 부피를 가진 3차원 물체임이 틀림없다. 소립자의 세계도 마찬가지일 수 있다. 아주 긴 줄이 있다고 하자. 그 줄이 굵기를 가지고 있는 선이라면 그 줄의 표면은 2차원 공간이다. 하지만 그 줄을 멀리서 보면 굵기가 없는 1차원 공간(선)으로 인식될 것이다.

이제 그 줄에 아주 작은 벌레, 줄의 굵기에 비해서 매우 작은 벌레가 있다고 하자. 그런 벌레 한 마리가 줄을 타고 이리저리 다닌다고 생각해보자. 벌레는 줄의 뒤로도 갔다가 앞으로도 왔다가 할 것이다. 이 벌레를 멀리서 관측하면 어떻게 보일까? 벌레가 줄의 앞면에 있을 때는 벌레가 있는 것으로 보이겠지만 벌레가 줄의 뒤쪽에 있을 때는 벌레가 보이지 않을 것이다. 당연한 일이다.

그런데 문제는 이것을 관찰하는 사람이, 그 줄이 굵기가 없고 길이만 있는 1차원 공간인 선이라고 생각하면 매우 심각한 딜레마에 빠지게 된다. 왜냐하면 벌레가 어떤 때는 존재하다가 어떤 때는 사라지고, 또 어떤 때는 영문도 모르게 다시 생겨나는 것으로 보이기 때문이다. 과학자들이 믿고 있는 가장 큰 믿음은 이 세상이 안정적이고 변덕스럽지 않다는 것이다. 변덕스럽지 않다면 존재하던 것은 언제나 존재해야 한다.

비록 그것이 변할 수 있을지언정 존재하던 것이 완전히 없어지거나 없던 것이 이유도 없이 생겨나서는 안 된다. 하지만 이 벌레의 사례를 보면 그런 불가능한 일이 일어나고 있는 것으로 착각하게 된다.

왜 모순이 일어났을까? 그것은 2차원 공간을 1차원으로 착각했기 때문이다. 만약 그 줄을 가까이에서 관찰한다면 벌레가 없어진 것이 아니라 줄의 뒤쪽에 있었다는 것을 금방 알 것이고 따라서 아무런 문제도 없다. 문제는 이 줄을 1차원 선이라고 보았기 때문이다.

과학자들은 실제로 그런 현상을 관찰했다. 소립자들을 연구하다 보면 어떤 입자가 갑자기 생겨났다가 없어지고 없어졌다가 갑자기 나타나기도 한다. 이런 경우, 대부분은 한 입자가 다른 입자로 변환되기 때문에 어느 정도 설명이 가능하지만 그렇게 설명할 수 없는 경우도 많다. 특히 모든 소립자의 행동을 하나의 원리로 설명하려고 할 때 많은 어려움이 있다. 이 문제를 해결하기 위해서 과학자들이 만들어낸 생각은 소위 숨겨진 차원이 존재한다는 것이다. 숨겨진 차원은 매우 작은 공간에 숨어 있으므로 지금의 기술로는 그 차원을 확인하는 것이 불가능하다. 하지만 숨겨진 차원을 가정해서 설명이 잘 된다면 어떻게 하겠는가?

앞의 벌레의 예에서 그 줄이 1차원이 아니라 2차원이라고 가정하면 벌레가 이유도 없이 사라졌다가 나타나는 문제가 쉽게 해결된다. 그리고 만약 벌레가 이동한 속도를 다른 방법으로 알 수 있다면 그 끈의 굵기까지 계산해낼 수 있을지 모른다.

과학자들은 미시세계에 숨겨진 차원이 있다고 가정함으로써 매우 성공적으로 소립자들의 행동을 설명할 수 있었다. 하지만 아직 누구도 그 숨겨진 차원을 실험적으로 밝혀내지는 못했다. 그리고 앞으로도 그것이 실험을 통해 밝혀지는 것은 불가능할지도 모른다. 왜냐하면 그 차원이 존재한다고 할지라도 너무나 작은 공간에 숨어 있어서 그것을 찾아낼 방법이 없기 때문이다.

여러분은 어떻게 생각하는가? 숨겨진 차원을 사용하면 많은 것이 잘 설명된다. 그런데 만약 그 숨겨진 차원을 찾는 것은 인간의 능력으로는 영원히 불가능하다고 하자. 그러면 그 숨겨진 차원이 존재한다고 해야 할까, 존재하지 않는다고 해야 할까? 이것은 과학의 문제가 아니라 철학의 문제일지도 모른다.

아내의 차원

어느 날 문득
아내가 낯설 때가 있다

내 아내가
내 아내가 아닌 때가 있다

이런 때는,

아내에게도
내가 모르는 차원이 있어서

그 숨겨진 차원 하나가
슬쩍 모습을 드러내는 것일지도 모른다

이상한 주장에는 이상한 증거가 필요하다.

-칼 세이건

4장

시간여행

299792458

기억을 잘하지 못하는 나도 기억하는 숫자가 있다. 그것은 바로 299792458이다. 한 번 소리 내어 읽어보라. 박자까지 잘 맞는 299792458, 그것은 빛의 속력이다.

'과학은 측정하는 것이다'라고 해도 틀린 말은 아니다. 과학 이론은 자연을 관찰해서 만들어낸 것이다. 관찰을 정량적으로 하는 것이 측정이다. 측정하기 위해서는 측정 도구를 사용한다. 공간을 측정하기 위해서는 자를, 시간을 측정하기 위해서는 시계를, 질량을 측정하기 위해서는 저울을 사용한다. 측정은 모든 과학의 출발점이다. 측정하기 위해서는 기준이 되는 표준이 있어야 한다. 표준은 자연에 있는 것이 아니라 인간이 만든다. 지금의 1미터가 1미터인 것도 사람이 정한 것이다.

이 표준 정하는 일은 국제적으로 프랑스에 있는 국제도량형국에서 관장하고, 우리나라에서는 한국표준연구소에서 관장한다. 국제 미터원기는 1889년에 만들어져서 프랑스의 국제도량형국에 보관되어 있다. 미터원기는 백금-이리듐 합금으로 만들어졌으며, 그 복제품이 각국에 배부되었다. 우리나라 대덕 연구단지의 한국표준연구소에도 복제품이 있다. 질량 단위인 킬로그램원기도 같이 보관되어 있다. 우리가 사용하는 모든 자와 저울의 눈금은 이 원기를 기준으로 만들어진다.

하지만 이 표준 방식은 불안한 방식이다. 왜냐하면 보관하고 있는 원기가 분실되거나 파손되거나 손상될 수 있기 때문이다. 물론 고도의 안전장치를 해놓지만, 인간이 하는 것을 완전히 믿을 수는 없다. 운 좋게 큰 사고가 나지 않는다고 해도 장구한 세월을 표준 원기가 버틸 수 있을지도 의문이다.

그렇다면 영구불변한 표준을 만드는 것은 불가능한 일일까? 옛날에는 불가능하다고 생각했지만, 상대론이 나온 이후론 상황이 달라졌다. 상대론에서는 진공 속에서 빛의 속력은 어떤 관찰자가 보더라도 같다고 한다. 빛의 속력이 그렇다면 영구불변인 빛의 속력을 표준으로 사용하면 되지 않을까? 그래서 1960년 국제도량형 협회에 모인 과학자들은 빛을 모든 측정의 표준으로 결정했다.

빛이 표준이기 때문에 빛의 속력을 얼마로 정하든지 그것이 표준이 된다. 빛의 속력을 1로 할 수도 있고 100으로 할 수도 있다. 그것은 정하기 나름이다. 하지만 새로 정한 빛의 속력이 우리가 지금까지 사용하던 표준과 많이 달라진다면 대혼란이 일어날 것이다. 그래서 지금 사용하고 있는 1미터, 1초를 바꾸지 않아도 되도록 빛의 속력을 정할 필요가 있다. 많은 논의 끝에 결정한 것이 299792458이다. 이렇게 빛의 속력은 초속 299792458미터가 되었다. 빛이 그러고 싶어서가 아니라 사람들이 그렇게 정해버렸다. 이 결정에 빛은 아무런 발언권이 없었다. 빛의 처지에서 보면 참으로 황당한 일일 것이다. 하지만 과학자들은 그렇게 결정했고, 앞으로 이 결정이 바뀔 가능성은 보이지 않는다.

299792458, 이 숫자는 아마도 우주에서 가장 중요한 숫자가 될 것이다. 이 우주에 이보다 더 확고하고 불변인 숫자는 없다. 왜냐하면 이 값이 모든 것의 기준이 되기 때문이다. 빛은 우주에서 참으로 특별한 존재다. 태초에 가장 먼저 창조된 것이 빛이다. 「창세기」 1장에 나오는 '빛이 있으라 하니 빛이 있었고'의 바로 그 빛이 만물의 표준이 된 것이다.

299792458, 여러분은 이 값을 비밀번호로 사용해도 좋다. 절대로 변하지 않고, 절대로 잊어버릴 수 없는 숫자이기 때문이다. 하지만 이것을 비밀번호로 했다는 것을 누구에게도 말해서는 안 된다. 이 숫자는 전 세계가 다 알고 있기 때문이다. 편리하고 안전하지만, 비밀로 할 수 없는 비밀번호다.

빛은 억울할 것이다. 자기의 속력을 인간들이 마음대로 정해버렸기 때문이다. 그런데 세상만사가 다 그런 것 아닌가? 자기 이름을 자기가 지은 사람이 어디 있나? 내가 내 이름을 지었다면 '재술'이라고 지었을까? 태어나자마자 자기의 의사와는 관계없이 이름이 붙여지고, 한 번 지어진 이름은 죽을 때까지 따라다닌다. 내 이름이 그랬듯이 빛의 속력도 빛의 의사와는 무관하게 299792458이 되었다. 빛은 죽을 일도 없으니 영원히 299792458로 살 것이다. 폭력도 이런 폭력이 어디 있을까?

299792458

왜 299792458이냐고?

난 처음에는 이름이 없었어. 사람들은 내 이름을 몹시 궁금해했지. 내가 없으면 암흑세계일 뿐이니까. 사람들은 어떻게 해서라도 이름을 알고 싶어 했어. 한때는 임시로 내 이름을 3×10^8로 대충 부르기도 했어. 하지만 그것이 내 진짜 이름이 아니라는 것은 다 알고 있었지. 사람들이 내 이름을 더욱 알고 싶어 할수록 나는 점점 더 신비한 존재가 되어 사람들의 사랑을 받아왔어. 사람들은 서로 경쟁이라도 하듯이 내 이름의 소수점 이하 자릿수를 매년 늘려갔어. 마침내 $(2.99792450\pm10)\times10^8$이라는 정도까지 내 진짜 이름에 접근했었지. 그러던 어느 날, (물론 아인슈타인이 죽어서 이 모의를 뒤에서 조종한 것이겠지만) 사람들이 모여서 내 이름을 299792458로 정해버렸어. 이제 사람들은 내 이름을 궁금해하지도 않고 나에 대한 신비감도 머릿속에서 사라져 버렸어. 죽어버린 거지. 나는 이제부터 299792458로 살아야 해. 네가 영문도 모르면서 권재술로 평생 살아야 하는 것과 마찬가지야. 아니, 정확히 마찬가지는 아니야. 너야 100년도 못 살고 가지만 나는 영원히 살아야 하거든. 영원히 말이야. 영원히 299792458로 산다는 것이 어떤 건지 상상이 가?

메멘토 모리

그리스 신화에 나오는 크로노스는 시간을 관장하는 신이다. 크로노스는 하늘의 신 우라노스와 땅의 신 가이아 사이에서 태어난 신으로 올림포스의 신 제우스의 아버지다.

시간은 기회라는 의미로 통하기도 한다. 기회의 신 카이로스는 발에 날개가 달려 있고 오른손에는 칼을 들고 있으며, 머리카락은 이마에만 늘어져 있다. 머리카락이 앞에만 있어서 기회는 앞에서는 잡을 수 있지만 일단 지나가고 나면 잡을 수 없다고 한다.

시간은 흘러간다. 그것도 앞으로만 달려간다. 아무도 멈출 수 없다. 볼 수도 만질 수도 멈출 수도 없는 시간, 도대체 시간이란 무엇이란 말인가? 어떤 철학자는 "시간이란, 질문하지 않을 때는 모두가 잘 아는 것으로 생각하지만 질문하는 순간 오리무중에 빠져버린다"라고 했다.

그렇다. 우리는 날마다 시간에 맞춰 일어나고 출근하고 퇴근한다. 시간 약속을 하고 계획을 짠다. 낮이 가면 밤이 오고 달이 차면 기운다. 한 달이 가면 월급을 받고 한 해가 가면 나이를 먹는다. 모두가 시간이다. 시간은 공기처럼 너무 가까이 있어서 있다는 사실조차 모르고 살아가지만 시간 없이는 살 수도 없다.

시간은 흘러간다. 시계의 초침은 한결같은 속력으로 간다. 시간은 멈출 수도, 빠르게 할 수도, 느리게 할 수도 없다. 시간은 바람이 잔잔하거나 태풍이 오거나 한결같다. 원자폭탄이 터져도 시간은 흘러간다. 이렇게 한결같은 시간일지라도 시간에 대한 느낌은 사람마다 다르고 같은 사람이라도 아침 시간 다르고 저녁 시간 다르다. 애인과 만나는 시간 다르고 공부하는 시간 다르다. 도대체 시간이 뭐기에 이럴까?

어린아이가 느끼는 시간은 어른의 시간과 같을까? 어린아이가 무엇을 사달라고 조르면 대부분 '내일 사줄게'라고 말하기 십상이다. 그러면 아이는 지금 사달라고 조른다. 왜 그럴까? 아이들은 참을성이 없어서 그럴까? 나는 생각이 다르다.

어른에게 내일은 금방이지만 아이에게 내일은 먼 미래다. 왜 그럴까?

이렇게 생각해보자. 인간의 모든 느낌은 경험에서 온다. 시간에 대한 느낌도 마찬가지다. 시간은 그 사람의 출생에서 현재까지가 경험의 전부다. 한 살 된 아이의 최대 시간 경험은 1년이고 60세 어른의 최대 시간 경험은 60년이다. 나는 아이의 1년과 노인의 60년이라는 시간의 느낌은 같을 것이라고 가정해본다. 나는 이것을 '최대 경험시간 등가 법칙'이라고 이름 지어보았다. 그렇다면 한 살 아이의 하루 길이는 60세 어른의 60일에 해당한다. 아이에게 내일 사주겠다고 하는 것은, 어른에게는 하루 뒤지만 아이에게는 60일 뒤와 같은 시간 길이로 들린다. 60세 어른이 아들에게 모자 하나 사달라고 했을 때 아들이 60일 뒤에 사드리겠다고 하면 반응이 어떨까? 아마도 "그만둬!"라며 화를 낼 것이다. 아이를 탓할 것이 아니라 아이의 시간 길이에 맞는 약속을 해야 한다.

우주의 나이가 138억 년이라고 한다. 하지만 우리가 경험한 시간은 고작 100년도 안 된다. 인간이 상상으로 감을 잡을 수 있는 시간의 최대 길이는 100년이다. 그런데 138억 년이라는 시간의 길이를 인간이 가늠할 수 있을까? 그것은 인간이

느낄 수 있는 시간의 길이가 아니다. 다만 논리적으로 이해할 뿐이다. 그래서 그런가? 인간이 우주를 이해하는 것이 이렇게 어렵다는 게 말이다.

시간의 절대성에 대해서 의문을 제기한 사람이 아인슈타인이었다. 그는 관찰자의 속도에 따라서, 중력의 세기에 따라서 시간의 길이는 달라진다고 했다. 시간은 존재하는 것도, 절대적인 것도 아니다. 시간은 관념의 산물일 뿐이다. 사물의 변화를 보고 인간이 만들어낸 관념이 바로 시간이다.

'시간 앞에 장사 없다'는 말이 있다. 그리스나 로마에 가면 고대 유적들을 볼 수 있다. 그 대단했던 건축물들도 시간을 견디지 못하고 다 허물어졌다. 사람들은 허물어진 건축물에서 시간을 느낀다. 허물어진 유적들을 보면서 깊은 감회에 젖는 것은 아마도, 불멸을 꿈꾸지만 반드시 죽어야 하는 것이 우리 인간들이기 때문이 아닐까?

나이가 들어가면 시간이 빨리 간다. 30세에는 시속 30킬로미터, 60세에는 60킬로미터, 90세에는 90킬로미터로 달린다고 한다. 시간은 멈출 수 없고 그래서 모든 존재는 사라진다. 로마 시대 개선 행진에서 개선장군을 따라가며 외치게 했다는 '메멘토 모리memento mori(죽음을 기억하라)'. 우리는 모두 죽을 운명을 가지고 태어났다. 시간 앞에서 모든 존재는 겸손해지지 않을 수 없다.

메멘토 모리

지팡이를 짚고 엉거정 엉거정
걸어가는 저 노인

70년 세월이
회오리바람 지나가듯
휙 지나가 버렸을 것이다

목숨보다 소중했던 것들이
가을바람에 낙엽처럼
훅 떨어져 버렸을 것이다

46억 년 장구한 세월을 견뎌온 지구

우주가 보면
빛이 번쩍하듯
한순간이 아니었을까?

시간과 공간의 탄생

빅뱅이라는 대폭발로 우주가 탄생했다고 한다. 자연과학에서 탄생이란 어떤 보이는 것, 만질 수 있는 것, 느낄 수 있는 그 무엇이 새로 생겨나는 것이다. 보고 만지고 느낄 수 있는 그것이 무엇일까? 그것은 물질이다. 탄생이란 물질의 생겨남이다. 빅뱅으로 소립자가 생겨나고 원자가 만들어지고 원자들이 모여서 별이 되고 은하가 되고 그래서 이 우주가 되었다. 모두 물질이다. 하지만 그것이 빅뱅의 전부는 아니다. 시간과 공간도 빅뱅과 동시에 탄생했다.

시간과 공간도? 시간이나 공간은 물질이 아니다. 물질이 있건 없건 시간과 공간은 무한한 과거에서 무한한 미래에 이르기까지 그냥 존재하는 것이지 생겨났다는 것이 말이 되는가?

그러면 이렇게 생각해보자. 빅뱅이 일어나기 전, 물질도 없고 아무것도 없는 빈 공간에 시간은 어떤 의미가 있었을까? 시간이 무엇인가? 시간이 흘러간다는 것은 무엇을 보고 알 수 있는가? 변화가 없다면 시간이 무슨 의미가 있을까? 자동차가 달리고, 해가 뜨고 지고, 계절이 바뀌는 등의 변화를 보고 시간이 흐른다는 것을 안다. 변화가 없어도 시간이 흐른다고 할 수 있을까?

'변화'란 무엇이 변하는 것인가? 물질이 없어도 변화가 있을까? 변화란, 그것이 어떤 변화이건 물질이 있기 때문에 일어난다. 물질이 없으면 변화도 없다. 변화가 없는데 시간은 무슨 의미가 있을까? 흐르지 않는 시간, 그것은 시간이 아니다.

1995년 삼풍백화점 붕괴사고에서 17일 만에 구조된 사람이 기자에게 "그렇게 여러 날이 지난 줄은 몰랐다"라고 말했던 기사가 기억난다. 칠흑 같은 어둠 속에서 무슨 변화를 감지할 수 있었을까? 간간이 희미하게 들리는 소리만이 변화의 전부였을 것이다. 그에게 시간은 매우 느리게 가고 있었을 것이다. 그것이 그 사람을 그렇게 오래 버티게 했을지도 모른다.

변화가 없으면 흐름도 없다. 흐름이 없는 시간은 시간이 아니다. 시간이란 사물의 변화에 대한 인간의 관념이다. 빅뱅이 일어나기 전에는 물질이 없었다. 물질이 없으면 변화가 있을 수 없다. 변화가 없으니 어떻게 시간이 있을 수 있겠는가? 그래서 시간은 빅뱅과 함께 생겨났다. 어떤가? 빅뱅으로 시간이 만들어졌다는 말이?

그러면 공간은 어떤가? 공간은 물질이 없어도 존재하는 것인가? 방이라는 공간을 생각해보자. 방이라는 공간은 벽으로 둘러싸여 있다. 방이 큰지 작은지는 벽과 벽 사이의 거리를 통해서 알 수 있다. 벽이 없다면 방이라는 공간은 없다. 공간이란 물질이 배치되어 있는 상태에 대한 인간의 관념이다.

만약 우주에 입자 하나만 있다고 해보자. 그 입자의 위치가 어디인지 말할 수 있을까? 좀 더 나아가 입자 두 개만 있다고 하자. 그러면 두 입자 사이의 거리를 말할 수 있을까? 두 입자 사이의 거리는 두 입자 사이에 늘어선 '그 무엇(다른 입자)'으로부터 알 수 있다. 다른 그 무엇은 물질일 수밖에 없다. 두 입자 사이에 물질이 없다면 어떻게 거리를 알 수 있겠는가? 공간이란 텅 빈 무엇이 아니라 입자들의 배치 관계일 뿐이다. 입자(물질)가 없으면 공간도 없다.

시간도 공간도 자연에 존재하는 실체가 아니라 인간의 관념이다. 자연에 존재하는 것은 물질이고 물질의 변화와 물질들의 배치 상태가 존재할 뿐이다. 시간과 공간은 물질들의 변화와 배치 상태를 바라보는 인간의 관념일 뿐이다. 빅뱅으로 물질만 탄생한 게 아니라 시간과 공간도 탄생했다.

동물에게도 시간 관념, 공간 관념이 있을까? 어려운 질문이다. 있다고 해도 인간이 생각하는 시간과 공간 관념과는 다를 것이다. 시간과 공간이라는 개념에 너무나 익숙해져 있다 보니 마치 실재하는 것처럼 느끼는 것이다. 하지만 시간과 공간이란 자연에 존재하는 실체가 아니다. 사건과 사물의 변화와 배치 관계를 이해하기 위해서 인간이 만들어낸 관념일 뿐이다. 시공간이 빅뱅으로 만들어졌다고 하지만 그것은 관념이기 때문에 결국은 인간의 마음이 만들어낸 것이다. 마음이 없다면 시간도 공간도 없다.

'나는 생각한다. 고로 (나는) 존재한다'를 '나는 생각한다. 고로 (우주가) 존재한다'로 바꾸어야 할지 모르겠다.

빅뱅

시간도 공간도 없는 적막,

적막을 견딜 수 없어 나는 터졌다. 무슨 다른 방법이 있겠는가!

물러설 수도 없고 그렇다고 앞으로 나아갈 수도 없는 천 길 낭떠러지 앞에서 터질 수 있다는 것은 얼마나 큰 축복인가! 적막의 터짐, 그것은 우주적 축복이다. 어떤 이는 큰 소리가 났다고 하지만 그 소리를 들은 자는 아무도 없다. 어떤 이는 큰 빛이 있었다고 하지만 그 빛을 본 자도 없다. 사실, 터졌다는 것마저도 의심스럽다.

하지만 나는 터졌다. 무슨 다른 방법이 있겠는가!

적막의 파편은 서로 부딪치고, 부딪치다가 싸우고, 싸우다가 깔깔거리고, 깔깔거리다가 부둥켜안고 울기도 했다. 이 모두가 내가 터지고 난 뒤에 일어난 일들이지만 나는 모르는 일이다. 적막의 어떤 파편은 별빛이 되고 별빛은 광년의 아득한 허공을 지나 영롱한 아침 이슬의 표면에서 반짝, 생을 마감하기도 했지만 나는 모르는 일이다. 어떤 적막의 파편은 138억 년이라는 시간을 지나 지구에 도착했지만 그것도 나는 모르는 일이다. 그 적막의 파편이 어떻게 이끼와 풀이 되고 나무가 되고 꽃이 되고, 아메바, 오징어, 오랑우탄 그리고 인간이 되었는지, 그 인간들이 지구에서 무슨 짓들을 했는지 나는 모르는 일이다.

하지만 나는 터졌다. 무슨 다른 방법이 있겠는가!

동시성의 상대성

로마의 황제 카이사르가 브루투스에게 암살당한 것은 지금으로부터 2,000년도 넘는 기원전 44년에 일어난 사건이다. 까마득한 과거의 일이다. 그런데 어느 별의 관찰자에게는 그 사건이 지금 막 일어나고 있거나 아직도 일어나지 않은 미래의 사건일 수 있다. 우리에게 과거라고 해서 우주의 모든 관찰자에게도 그것이 과거의 사건인 것은 아니다. 말이 안 되는 것 같지만 상대성 이론은 그렇다고 주장한다.

동시同時적 사건이라는 것은 같은 시각에 일어난 서로 다른 사건을 말한다. 갈릴레이가 죽던 해에 뉴턴이 태어났다고 한다. 갈릴레이는 지동설을 주장하고 관성의 법칙을 발견한 이탈리아의 과학자이다. 그리고 뉴턴은 갈릴레이의 생각을 더 확장하여 우주 삼라만상을 설명할 수 있는 고전역학을 완성한 영국의 과학자다. 과학이라는 학문에서 보면, 뉴턴은 갈릴레이를 아주 잘 이어받았다. 그래서 혹자는 갈릴레이가 뉴턴으로 환생한 것이 아닌가 하기도 한다.

갈릴레이가 뉴턴으로 환생하기 위해서는 반드시 갈릴레이가 죽고 뉴턴이 태어나야 한다. 그리고 그것은 엄연한 역사적 사실이기도 하다. 하지만 상대성 이론에 따르면 갈릴레이가 죽고 뉴턴이 태어났다는 것은 사실이라고 할 수 없다. 우주의 어떤 관찰자에게는 갈릴레이가 죽기도 전에 뉴턴이 태어났을 수도 있기 때문이다.

고전역학에서는 어느 한 사람에게 동시적인 사건은 모든 사람에게 동시적이다. 동시는 절대적이다. 하지만 상대론에서는 동시란 절대적인 것이 아니라 상대적인 것이다. 한 사람에게 동시적인 사건도 다른 사람에게는 동시적인 사건이 아닐 수 있다.

서울과 부산에서 동시에 어떤 사건이 일어났다고 하자. "서울역과 부산역에서 동시에 기차가 출발했다"라는 문장은 고전역학적으로는 정확한 문장이다. 하지만 상대론에서는 관찰자가 누구인지 명시해주어야 한다. "땅에 정지해 있는 사람이 보았을 때, 서울역과 부산역에서 동시에 출발했다"라고 말해야 한다. 이 두 사건을 서울에서 부산으로 가는 기차에 탄 사람이 보면 서울역에서는 출발했지만, 부산역에서는 아직 출발도 하지 않은 사건이다. 반대로 부산에서 서울로 가는 기차를 탄 사람이 보면 부산역에서는 출발했지만, 서울역에서는 출발도 하지 않았다.

이렇게 되면 아마도 이렇게 묻고 싶을 것이다. 그렇다면 "실제로는 어느 기차가 먼저 출발했지?"라고 말이다. 그 대답은 "땅에 있는 사람에게는 동시에 출발했고, 서울에서 부산으로 가는 기차에 있는 사람에게는 서울역에서 먼저 출발했고, 부산에서 서울로 가는 기차에 있는 사람에게는 부산역에서 먼저 출발했다"라고 할 수밖에 없다. "그게 말이 되느냐!"라고 해도 할 수 없다. 그것이 사실이니까!

어느 별의 관찰자에게는 로마의 황제 카이사르가 아직 살아 있다. 그냥 하는 소리가 아니라 정말이다. 그렇다면 그 별에서 전령을 보내서 브루투스가 칼을 들고 카이사르를 찌르지 못하게 막을 수도 있지 않을까? 그러면 지구의 역사가 달라질 텐데. 하지만 그것은 불가능하다. 아무리 빠른 전령을 보내더라도 전령이 지구에 도착하려면 기원전 44년이 아니라 기원후 2100년쯤이나 더 먼 미래가 될 것이기 때문이다.

동시성의 상대성이 옳다면 한 가지 의문이 생긴다. 세상의 삼라만상은 인과관계로 얽혀 있다. 이 인과관계를 밝히는 것이 과학인데, 사건이 일어난 순서가 관찰자에 따라 달라질 수 있다면 관찰자에 따라 원인과 결과가 바뀔 수도 있다는 말이 아닌가? 총기 살인 사건이 일어나면 총을 쏘는 것이 먼저고 총에 맞아 죽은 것이 나중인데, 어떤 관찰자에게는 총이 발사되기도 전에 총에 맞아 죽은 것으로 보일 수도 있다는 말이 아닌가? 이게 말이 되는가?

그렇다. 상대론을 제대로 공부하게 되면 사건의 순서가 바뀔 수는 있어도 원인과 결과가 바뀌는 것은 불가능하다. 왜냐하면 세상에는 빛보다 빠른 것이 있을 수 없기 때문이다. 이것을 여기서 다 설명할 수는 없지만, 상대론이 아무리 이상해도 이 세상을 혼란스럽게 만들지는 않는다.

시간과 공간이 절대적이 아니라 보는 사람에 따라 달라진다는 것이 사실이라면 이 세상이 참 이상한 세상으로 보일지 모른다. 하지만 세상은 누가 뭐래도 믿을 만하고 확실하고 견고한 것이어야 한다. 우주의 삼라만상은 결코 귀에 걸면 귀걸이 코에 걸면 코걸이여서는 안 된다. 이 세상은 누구에게나 동일한 세상이어야 한다. 상대론이 인과율을 위반하지 않는 것은 상대론이 자연과학이기 때문이다.

문학과 예술은 현실과 맞지 않는 황당한 주장을 얼마든지 할 수 있다. 그리고 그렇게 할수록 더 문학적이고 예술적인 것으로 평가받을 수도 있다. 하지만 과학은 절대로 그래서는 안 된다. 그런데 가끔은 과학이라는 상대성 이론이 문학이나 예술보다 더 황당한 주장을 하는 것처럼 보인다. 하지만 잘 들여다보면 상대론도 과학이 지켜야 할 규범은 철저히 지키고 있다는 것을 알 수 있다.

상대론이 이상하지만 아주 미친 것은 아니다. 그래서 과학은 예술이 되지 못하는가?

새와 나무와 새똥 그리고 상대론

버스를 타면

버스는 서 있고 경치가 달린다

청주는 달아나고 서울이 달려온다

버스 안은 온통 상대론이다

과학고등학교 아이들 앞에서 상대론으로 주름잡고 있는데 "선생님은 번데기가 아니에요!" 아이쿠 이런! 잡은 주름이 말이 아니다. 버스 안에서 그날의 치욕을 만회할 아이디어가 빛의 속력으로 달려왔다. (빨리 온 행운은 빨리 가는 법!) 가지고 간 손가방을 급히 뒤지니 종이라곤 돈과 『새와 나무와 새똥 그리고 돌멩이』* 뿐이다. 옆에 있는 마누라 핸드백에서 내가 찾는 그런 지성적인 물건을 기대할 수는 없다. 시집에는 밑줄도 긋지 못하게 하는 선생님 얼굴이 떠오른다. 그럼 돈에? (아니야, 돈은 시보다 신성해!) 시집을 찢어 똥구멍으로 시를 읽히는 어느 시인**의 용기를 빌려 새똥 옆에 있는 돌멩이를 치우고 상대론을 놓았다.

* 오규원, 『새와 나무와 새똥 그리고 돌멩이』, 문학과지성사, 2005.

** 고영민, 「똥구멍으로 시를 읽다」, 『악어』, 실천문학사, 2005.

새와 나무와 새똥 그리고 그 빈터에

선을 그린다 좌아악~

좌표를 좌아악

빛을 좌아악

로렌쯔 변환을 좌아악

광속불변의 법칙!

아름답다 타지마할보다 더

이제 주름잡아도 되겠다

멈추지 못하는 빛과 타일 바닥에 좌아악 깔린 빛

잡을 수 없는 빛과 밟고 지나가도 그대로 있는 빛

과학의 빛과 시의 빛

아인슈타인의 빛과 오규원의 빛

이상한 나라

루이스 캐럴의 『이상한 나라의 앨리스』에 나오는 세상은 참 이상한 세상 같지만, 양자론이나 상대론에서 말하는 세상은 그보다 훨씬 더 이상한 세상이다. 여기서 '이상하다'는 말은 어떤 면에서 적절한 표현이 아니다. 이상하다는 것은 뭔가 잘못된 것이라는 냄새를 풍기지만 양자론이나 상대론에서 말하는 이상한 것은 전혀 잘못된 것이 아니다.

양자론 세상으로 들어가보자. 한 물체가 동시에 여기에도 있고 저기에도 있다. 상대론 세상으로 들어가보자. 빨리 달리는 물체는 길이가 짧아 보이고, 질량이 증가하고, 시간도 천천히 간다. 얼마나 이상한 세상인가? 하지만 양자론과 상대론에서 말하는 현상이 이상한 것은 그 세상이 정말 '이상해서'가 아니라, 그 현상이 우리의 일상 경험과 '다르기' 때문일 뿐이다.

원자와 같이 아주 작은 입자들의 세상이나 빛과 같이 빠르게 움직이는 세상에서 보면 양자론이나 상대론에서 말하는 세상은 아무것도 이상할 것이 없다. 그 세상에 사는 사람은 우리가 보고 만지고 경험하는 이런 세상이 참으로 이상한 세상일 것이다.

이제 여러분도 이상한 나라의 주인공(앨리스)이 되어 이상한 나라에 한번 들어가 보자.

내(앨리스)가 보니 시계탑의 시계가 5시 정각을 가리키고 있었다. 그런데 나의 손목시계는 6시를 가리키고 있지 않은가? 그래서 옆에 있는 내 친구 뚱보에게 물었더니 자기 손목시계를 보면서 5시라고 했다. 아하, 내 시계가 틀렸구나! 그래서 내 시계를 5시에 맞추었다.

갑자기 뚱보가 우체국에 다녀와야 한다고 한다. 우체국은 여기서 얼마나 되느냐고 물었더니 30킬로미터라고 했다. 앨리스는 빨리 갔다 오라 하고는 돌아올 때까지 기다렸다. 그런데 뚱보가 자전거를 타고 가면서 몸이 점점 홀쭉해지는 것이 아닌가! 자전거가 더 빨리 달리니 뚱보의 몸이 더욱 홀쭉해져서 가는 막대기처럼 보였다. 뚱보가 돌아오기까지 1시간이나 걸렸다. 그래서 왜 이렇게 많이 걸렸느냐고 했더니, 자기는 10분밖에 안 걸렸다고 한다. 시계탑의 시계는 분명히 1시간이 지났는

데 웬 거짓말이냐고 했더니 아니란다. 뚱보의 손목시계를 보니 분명 5시 10분이었다. 그래서 어떻게 그렇게 빨리 갔다 왔느냐고 했더니, 자기가 빨리 간 것이 아니라 우체국까지의 거리가 5킬로미터밖에 안 되어서 그랬단다. "뭐? 5킬로미터라고?" 원래는 30킬로미터인데 자전거를 타고 달려가면서 보니 5킬로미터였단다.

이번에는 내가 자전거를 타보기로 했다. 자전거를 타고 달리는데 뚱보와는 달리 내 몸은 전혀 홀쭉해지지 않는다. 반대로 길에 있는 모든 사람이 홀쭉해지고 서 있는 건물들도 모두 홀쭉해지는 것이 아닌가! 빨리 달리면 달릴수록 거리는 더욱 짧아지고 건물들은 더욱더 홀쭉해진다. 나도 갔다 오는 데 10분밖에 걸리지 않았다.

이런 세상이 가능할까? 당연히 가능하다. 만약 빛 속도가 시속 10킬로미터 정도라면 말이다. 하지만 빛 속도는 초속 30만 킬로미터다. 자전거의 속력이 초속 수 미터에 지나지 않으므로 자전거를 타고 가면서 그런 현상을 체험할 수는 없다. 사실 자전거를 타고 갈 때도 길이가 짧아지고, 시간이 느리게 간다. 다만 그 정도가 너무 작아서 우리가 알아차리지 못하고 있을 뿐이다. 자전거로 한 시간 동안 달렸을 때, 짧아지는 시간이 0.000000000000001초라면 당신은 그 차이를 알아차릴 수 있겠는가? 그것을 알아낼 수 있는 시계가 있을까?

상대론에 의하면 시간과 공간은 절대적인 것이 아니라 관측자에 따라서 다르게 나타난다. 그것은 빛의 속력이 우주 모든 속력의 한계이기 때문이다. 사실 소립자와 같은 입자들은 거의 광속에 육박하는 운동을 하고 있다. 이런 소립자들의 세상에서는 위와 같은 현상이 일상적으로 나타난다. 그런 세상에서는 "학교까지 거리가 얼마냐?"고 물어서는 안 된다. "시속 10킬로미터로 달릴 때 학교까지 거리는 얼마인가요?"라고 물어야 한다. 거리가 속력에 관계되기 때문이다. 거리뿐만 아니라 시간, 무게, 부피 등을 말할 때, 반드시 '속력'을 명시해주어야 한다. 빨리 달리는 세상에서 보면 시간과 공간이 고정되어 있는 세상이 오히려 '이상한 세상'이다.

세상에 이상한 세상은 없다. 우리는 우리가 경험하고 느끼는 이 세상이 당연하다고 생각한다. 하지만 어린아이는 이런 세상이 당연하다고 생각하지 않는다. 우리가 당연하다고 믿는 것은 살아가면서 세뇌된 가짜일 뿐이다. 편견을 벗어야 진실이 보이는 법이다.

이상한 상상

나이가 들어서 그런지
치매기가 생겨서 그런지

나는 요즘 들어서 자꾸 이상한 생각을 합니다

죽기 전에 100억 광년 떨어진 별까지 가보았으면
이 지구의 끝 날까지 살아봤으면
내 애인 영자가 조금만 더 날씬했으면

아무래도 이건 말이 안 되지요?

그런데 아인슈타인은 그게 말이 된다고 하네요

시간여행

'시간여행'이라는 말은 공상과학 소설의 단골손님이다. 시간은 과거-현재-미래로 진행한다. 그 순서는 절대로 바뀔 수 없다. 시간을 도로에 비유하면 일방통행로다. 시간을 거꾸로 가게 할 수는 없다.

상대론에서는 보는 사람에 따라 시간의 흐름이 달라진다고 한다. 시간이 달라진다는 말을 이해하지도 못하면서 상상하기를 좋아하는 인간들이 과잉 상상을 해서 과거로도 가고 미래로도 가는 상상을 하기도 한다. 마치 자동차가 앞으로도 가고 뒤로도 가듯이 말이다. 이렇게 상상을 하고 보니 매우 재미있는 이야깃거리가 생기게 되었다. 마침 소재가 궁핍하던 소설가들에게 이보다 더 좋은 기회가 어디 있으랴. 이렇게 해서 「스타워즈」를 위시한 수많은 공상과학 영화에서는 시간여행이 단골손님으로 등장한다.

공간은 앞으로도 가고 뒤로도 가고, 오른쪽으로도 가고 왼쪽으로도 가고, 위로도 가고 아래로도 갈 수 있다. 하지만 시간은 그렇지 않다. 공간은 3차원이지만 시간은 1차원이기 때문이다. 시간이 1차원이라고 해서 앞으로도 가고 뒤로도 갈 수 있는 것은 아니다. 시간은 앞으로만 간다. 이것이 시간이 공간과 다른 가장 큰 특징인지도 모른다.

만약 우리가 과거로 돌아갈 수 있다고 상상해보자. 내가 과거에 대학 입학원서를 썼던 바로 그때로 돌아갔다고 하자. 그래서 내가 과거에 실수로 잘못 지원했던 물리학과가 아니라 문예창작과에 입학원서를 내도록 바꾼다고 하자. 그리고 다시 지금으로 돌아온다면 지금의 나는 물리학자가 되어 있을까? 아니면 시인이 되어 있을까? 아니면 물리학자인 나와 시인인 나, 둘이 존재할까? 더 극단적으로 과거로 돌아가서 아버지 어머니가 결혼하는 것을 방해해서 결혼을 못 하게 해버리면 지금의 나는 존재할까, 존재하지 않을까?

이번에는 과거가 아니라 미래로 간다고 해보자. 미래에 가보니 지금 내가 꿈꾸던 그런 성공한 내가 아니라 완전히 실패한 나를 발견한다고 하자. 그리고 내가 실패한 원인을 추적해

보니 물리학과를 선택한 것 때문이었다는 것을 알았다고 하자. 그리고 다시 현재로 돌아와 입학원서를 쓰는 날이 되었다고 하자. 이제 내가 물리학과를 선택하지 않고 문예창작과를 선택한다면 나의 미래는 완전히 달라질 것이 아닌가? 그러면 미래에는 실패한 물리학자인 내가 있을까? 아니면 성공한 시인인 내가 있을까? 아니면 둘 다 존재할까?

시간여행, 얼마나 멋진 여행인가? 과거로 가서 잘못된 모든 것을 바로잡고, 미래로 가서 내 모든 꿈을 실현하고. 이렇게 된다면 인생은 또 얼마나 가벼운 것이 될까? 언제나 바꾸어 버릴 수 있는 인생, 가볍다 못해 아주 무의미해져 버리지나 않을까?

우주는 무한해서 인간이 상상할 수 있는 것은 물론, 상상할 수 없는 것까지 일어나는 세상이다. 그렇다고 이 우주가 아무것이나 가능한 그런 우주는 아니다. 상상도 할 수 없는 일이 일어나는 것이 우주이지만 일어날 수 없는 것은 절대로 일어나지 않는다. 과학적 원리에 맞지 않는 일은 절대로 일어나지 않는다. 귀신이 장난질할 수 있는 그런 우주는 아니다. 시간여행이 아무리 매력적이라고 해도 일어날 수 없는 것은 일어날 수 없다. 상대론이 아무리 이상한 학문이라고 해도 이렇게 아무렇게나 해도 된다고 말하는 것은 아니다.

시간을 이길 자, 이 세상에 아무도 없다. 시간은 흘러가기 마련이고, 흘러간 시간은 없어지고, 오지 않은 미래는 존재하지 않는다. 없어진 과거, 생겨나지도 않은 미래를 우리가 어떻게 할 수는 없다. 시간은 흘러가고 흘러간 시간은 다시 오지 않는다. 시간은 멈출 수도 되돌릴 수도 없다. 어떤 폭탄도, 어떤 폭군도 시간을 이길 수는 없다. 시간은 모든 것의 종결자다.

독일의 문호 프리드리히 실러Friedrich von Schiller는 "미래는 주저하면서 다가오고, 현재는 화살같이 날아가고, 과거는 영원히 고정되어 있다"라고 하지 않았던가? 영원히 고정된 과거, 오지도 않은 미래를 어떻게 바꾸겠다는 건가? 시간여행은 공상하기에는 매력적이지만 현실이 될 수는 없다. 과거를 바꿀 수 없고, 미래를 어떻게 할 수 없으므로 단 한 번인 우리의 인생은 무엇보다 진지할 수밖에 없는 것이 아닐까?

과거를 지울 수 있다면

상대성 이론이 아니라
그 무슨 도깨비방망이 같은 이론으로라도

과거를 지울 수 있다면
정말 그렇게 할 수만 있다면
나도 지우고 싶은 과거가 있다
잊고 싶은 과거가 있다

하지만
그렇게 다 지울 수 있다면
그렇게 다 잊을 수 있다면
남아 있는 현재가 있을까?

인생이란
그 얼마나 가벼운 것일까?

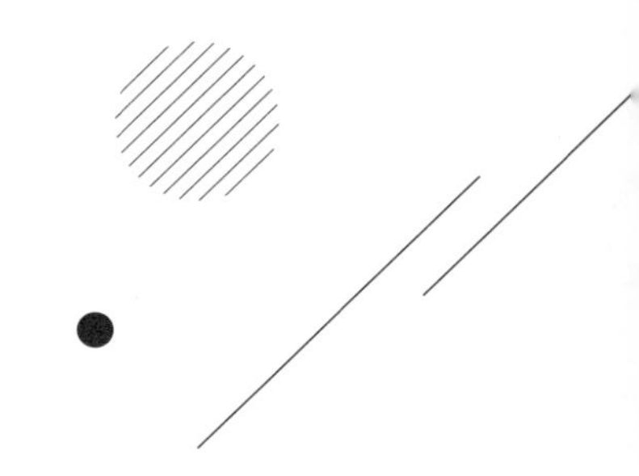

만들어진 아인슈타인

아마도 일반 대중에게 가장 위대한 과학자로 알려진 사람은 아인슈타인일 것이다. 아인슈타인, 그 이름만 들어도 누구나 천재, 유대인, 상대성 이론, 원자탄, 노벨 물리학상 그리고 그 유명한 공식 $E=mc^2$이 생각날 것이다.

하지만 그 정도로 유명한 물리학자는 아인슈타인 외에도 얼마든지 많다. 닐스 보어, 에르빈 슈뢰딩거, 리처드 파인먼, 엔리코 페르미Enrico Fermi, 루트비히 볼츠만Ludwig Boltzmann, 헨드릭 로렌츠Hendrik Antoon Lorentz, 그리고 아인슈타인이 프린스턴 대학에 나가는 유일한 이유가 그와 산책할 수 있는 특권을 누리기 위함이었다던 그 유명한 쿠르트 괴델Kurt Gödel도 빼놓을 수 없을 것이다. 그들은 어떤 면에서 아인슈타인보다 더 뛰어난 천재들이었는지 모른다.

아인슈타인이 그렇게 유명하게 된 데는 상대성 이론이라는 일반인들에게는 참 신비한 이론을 만들어낸 공로가 크지만, 그의 명성은 상당히 과장된 측면도 없지 않다. 아인슈타인을 그렇게 유명하게 만든 사람 중에는 영국의 천문학자 아서 에딩턴을 빼놓을 수 없을 것이다.

에딩턴은 훌륭한 과학자이자 철학자일 뿐만 아니라, 대중들에게 과학을 쉽고 재미있게 전달하는 뛰어난 능력이 있었다고 한다. 그래서 어려운 상대성 이론을 일반 대중에게 전파하는 데 큰 공을 세운 사람이기도 하다.

이런 일화가 있다. 에딩턴이 대중을 위한 천문학 강연에 초청을 받았다고 한다. 그는 연단에 올라서면서 "신사 숙녀 여러분, 저는 오늘 이 연단에 올라오기까지 엄청나게 고생했습니다. 여러분, 지구는 1초에 30킬로미터인 속도로 태양 둘레를 공전하고 있지요? 그뿐입니까? 지구는 한 시간에 1,700킬로미터인 속력으로 하루에 한 바퀴씩 뱅뱅 돌고 있습니다. 팽이처럼 돌고 있는 지구 위에서 제가 넘어지지 않으려고 말입니다"라는 식의 능청을 떨었다고 한다.

1919년 5월 29일, 1차 세계대전 직후 세계가 어수선하던 시절, 에딩턴은 아프리카의 프린시페섬에서 망원경으로 개기일식을 관찰하고 있었다. 아인슈타인의 일반 상대성 이론에 따르면 빛조차도 중력에 의해서 휘어진다는 것인데, 아직 아무도 빛이 휘는 현상을 관찰하지 못했다. 그런데 에딩턴이 개기일식을 관찰함으로써 빛이 휜다는 것을 실제로 관측했다. 낮에도 하늘에는 별이 빛나고 있다. 이 별빛은 태양의 빛 때문에 평소에는 볼 수 없지만, 개기일식 때는 달이 태양을 완전히 가려 낮이지만 잠시 태양이 사라진 것과 마찬가지인 현상이 생긴다. 이 기회를 이용해서 태양 근처의 별을 관찰했던 것이다.

지구로 오는 별빛은 태양의 중력에 이끌려 약간 휘게 된다. 그렇게 되면 우리가 보는 별은 원래 위치보다 약간 다른 곳에 있는 것처럼 보인다. 별의 원래 위치는 천문학자들의 관측 자료를 사용해 정확히 알 수 있다. 만약 개기일식 때 태양에 가려져서 보이지 않아야 할 별이 보인다면 빛이 태양에 의해 휘어졌다는 것이 증명되는 셈이다. 에딩턴은 이 보이지 않아야 할 별을 실제로 관측했던 것이다.

아인슈타인의 이론은 상식을 벗어나는 예언을 했기 때문에 이론적으로 완벽했음에도 사람들에게 받아들여지기가 쉽지 않았다. 빛이 휜다는 것도 그런 현상 중의 하나였다. 그런 소용돌이 속에서 빛이 아인슈타인의 예측대로 휘어지는 것이 관측되었다는 소식은 전 세계 모든 매스컴에 대서특필되었고, 아인슈타인은 갑자기 세계 모든 사람에게 일약 세기적 유명 인물로 주목받게 되었다. 그렇게 아인슈타인은 아인슈타인이 되었던 것이다.

물론 이렇게 말하면 아인슈타인의 천재성을 너무 격하하는 것인지도 모르겠다. 사실 아인슈타인이 대단히 위대한 물리학자임은 틀림없다. 뉴턴 이래 철석같이 믿고 있던 시공간의 절대성을 부정한 것만 해도 누구도 하기 어려운 혁명적인 업적이 아닐 수 없다. 하지만 일반인들에게는 그 위대함이 왜곡되고 과장되어 전달된 점이 많다는 것을 지적하는 것뿐이다.

사실 우리가 아인슈타인이라고 부르는 그 아인슈타인은 존재하지 않았는지도 모른다. 유대인이기 때문에 더욱 주목을 받았을 수도 있다. 그의 소탈한 차림새와 머리 스타일이 매력적으로 보였을 수도 있다. 어린 시절에 학습 부진아였다는 좀 과장된 소문이 아인슈타인을 더욱 유명하게 만들었을지도 모른다. 아인슈타인이라는 진짜 인간은 우리가 알 수 없다. 매스컴에 의해서, 교육에 의해서, 사람들의 수군거림에 의해서, 그리고 우리의 상상에 의해서 만들어진 인물이 바로 아인슈타인이다. 1879년에 출생하여 1955년에 사망한 아인슈타인과 에딩턴이 강연에서 소개했던 아인슈타인과, 인류의 기억

속에 있는 아인슈타인 중에 어느 아인슈타인이 정말 아인슈타인인지는 단정하기 어렵다. 우리 모두 그렇지 않은가? 내가 누구인지, 아무도 모르는 것처럼.

수군수군 아인슈타인

수군수군

여기도 수군
저기도 수군

수군수군
죽일 놈 되고

수군수군
영웅 되고

수군수군
아인슈타인 되고

우주여행, 애인의 손을 놓지 마라

우주여행, 아직 현실은 아니지만 많은 사람이 꾸는 꿈이 아닐까? 우주여행이 현실은 아닐지라도 그렇게 머지않은 미래에 현실이 될 가능성은 매우 크다. 이미 달 여행 예약을 받고 있지 않은가?

달까지의 여행은 그렇다 치고 태양계를 벗어난 우주여행은 아직은 공상과학에 머물고 있다. 그런 우주여행을 하기 위해서는 광속으로 달려도 수십 년이 걸릴 것이고, 실현 가능한 최고 빠른 우주선이라고 할지라도 수천 년은 걸릴 것이기 때문이다.

미래에 어떤 방법이 개발될지는 알 수 없지만, 우주여행이 현실이 된다면 거의 광속으로 달리는 우주선이 나와야 한다. 그렇게 빠른 우주여행에서는, 지금은 일반인들에게 아주 생소한 상대성 이론이 상식이 되어야 할 것이다.

상대론이 일반인의 흥미를 끄는 주된 이유는 아마도 시공간의 절대성을 부정하기 때문일 것이다. 상대성 이론에 따르면 같은 물체라도 보는 사람에 따라 길이와 크기가 달라진다. 지구와 별까지의 거리는 몇백 광년이 될 수도 있고, 몇억 광년이 될 수도 있다. 하지만 이 거리는 지구에 있는 사람이 보았을 때 그렇다는 것이지 다른 관찰자가 볼 때도 그렇다는 것은 아니다. 예를 들어 매우 빠르게 달리는 우주선에서 보면 이 길이는 짧아 보인다. 짧아지는 정도는 속력에 관계된다. 빠르게 달리면 달릴수록 길이는 짧아진다. 빛의 속력에 접근하면 길이는 점점 짧아지고, 빛의 속력이 되면 이론적으로는 길이가 0이 된다. 따라서 아무리 먼 곳이라도 빠르게 달리기만 하면 얼마든지 짧은 시간에 갈 수 있다.

예를 들어 지구에서 1,000광년(빛이 가는 데 1,000년이 걸리는 거리) 거리에 있는 어떤 별을 생각해보자. 지구와 이 별 사이의 거리는 지구에서 보면 1,000광년이지만 빨리 달리는 우주선에서 보면 100광년으로 보일 수도 있다. 더 빨리 달리는 우주선에서 보면 10광년으로 보일 수도 있다. 물론 이렇게 짧게 보이기 위해서는 우주선이 거의 광속에 육박하는 속력으로 달려야 한다. 인간이 그런 우주선을 만드는 것은 요원한 일이지만, 만약 그런 우주선을 만들었다고 하면 1,000광년 떨어져 있는 별까지 10년 만에, 아니 더 짧은 시간에 갈 수도 있다.

그런데 여기서 조심해야 할 일이 있다. 그 10년이라는 것이 우주선에 탄 사람의 시간으로 그렇다는 것이지 지구에 있는 사람의 시간으로도 그렇다는 것이 아니다. 지구 시계로는 1,000년도 더 되지만 우주선에 탄 사람에게는 10년에 지나지 않는다는 말이다.

이렇게 되면 수명을 늘리는 일이 아주 쉬워 보인다. 빨리 달리기만 하면 되기 때문이다. 하지만 이 상대론적인 시간으로 실제 수명이 늘어나는 것은 아니다. 우주선에 탄 사람이 볼 때 자기의 수명은 변함이 없다. 지구에 있는 사람이 보기에 이 우주인은 1,000년도 더 산 것 같지만 그 우주인의 입장에서 보면 10년밖에 살지 못한 것이다.

따라서 빨리 달리는 우주선을 탄다고 해서 수명이 늘어나는 것은 전혀 아니다. 우주선에 탄 사람의 수명은 지구에서와 마찬가지로 100년도 못 된다. 하지만 지구에 있는 사람이 보면 그 우주인이 1,000년도 더 산 것처럼 보인다는 것이다. 지구에 있는 사람에게 1,000년도 더 산 것으로 보이면 뭐하나?

자기가 느끼는 시간은 고작 10년이고, 그동안에 자기가 할 수 있는 일의 양도 고작 10년 분량이고, 애인과 놀 시간도 10년에 지나지 않을 것이니 말이다. 우주인에게 시간은 지구에 있을 때와 마찬가지로 흘러간다.

혹자는 그게 어딘데? 하면서 그렇게 보이기라도 하면 얼마나 좋을까 하고 생각할지 모른다. 그렇다면 당신은 지금 당장 좋아해도 된다. 왜냐하면 지구에 대해서 거의 빛의 속력으로 움직이는 어떤 별에 있는 인간에게 당신의 수명은 몇천 년으로 보일 것이기 때문이다. 어떤가? 먼 별에 있는 사람에게 당신의 수명이 몇천 년으로 보이니까 기분이 좋은가?

상대론적으로 시간이 늘어나거나 길이가 수축한다고 해도 인생이 변하거나 세상이 달라지는 것은 아무것도 없다. 달리는 사람 자신이 보았을 때는 자기의 수명이 연장되는 것도 세상의 길이가 짧아지는 것도 아니다. 다만 다른 관측자에게 그렇게 보일 뿐이다. 원래 상대론은, 과학 이론이 모든 관찰자에게 동일해야 한다는 가정에서 출발했다. 그래야 이 세상은 믿을 수 있고, 실재하며, 변덕스럽지 않은 세상이 될 수 있기 때문이다.

이제 우주여행을 할 때 주의해야 할 점을 하나 귀띔해주겠다. 먼 별로 여행을 갈 때는 절대로 애인을 지구에 남겨 두고 가지는 말아라. 지구에 돌아왔을 때 그 애인은 호호백발이 되었거나 무덤 속에 있을지 모르기 때문이다. 우주여행을 할 때는 'See you again(다시 봐)' 하며 가볍게 인사하고 떠날 수 없다. 그대의 10년은 지구에 있는 사람에게 몇천 년이 될 수도 있으니까! 우주여행은 반드시 사랑하는 사람의 손을 꼭 잡고 가기 바란다.

우주선 탑승 점검 사항

우주복은 입었나요?

남겨놓은 애인은 없나요?

친구들을 다시 못 봐도 되겠습니까?

지구와 인류에 대한 미련은 없나요?

See you, again이 아니라

Good bye, forever라고

인사할 준비가 되었나요?

상대론은 상대적이지 않다

현대 과학이라고 하면 상대론, 양자론, 진화론으로 압축할 수 있다. 이 세 이론은 지동설과 뉴턴의 고전역학 이래 인류에 가장 큰 영향을 미친 과학 이론이다. 상대론은 절대적인 시공간을 부정한 이론이고, 양자론은 결정론적인 우주관을 부정한 이론이고, 진화론은 모든 생명을 신이 창조했다는 창조설을 부정한 이론이다. 모든 위대한 사상은 언제나 강한 반대에 부딪히고 온갖 오해를 받기 마련이다. 하지만 그중에서도 상대론만큼 일반인의 관심을 끈 것도, 오해를 많이 받은 것도 없을 것이다.

일반인은 물론 철학, 문학, 예술에 이르기까지 영향을 미치지 않은 분야가 없을 정도로 상대론의 영향은 대단했고 아직도 그 영향은 끝나지 않았다. 이렇게 광범위하게 영향을 미치다 보니 불가피하게 상대론을 잘못 이해하는 일도 광범위하게 나타났다. 일반인은 말할 것도 없고, 학자들 사이에서도 이런 잘못은 일상화되다시피 했다. 그런 잘못된 인식에 바탕을 둔 결론을 마치 상대론에서 주장하고 있는 것이라고 포장하는 경우가 너무나 많다.

상대론에 대한 잘못된 인식 중에서 가장 대표적인 것이 아마도 '진리는 없다'는 주장이 아닐까? 상대성 이론의 '상대성'이라는 말은 절대성의 반대말이기 때문에 이 세상에 절대적인 것은 없다는 의미로 받아들이는 것이다. 하지만 이것은 상대성 이론을 아주 잘못 알고 하는 말이다.

상대성 이론의 핵심은 '빛의 속력과 물리법칙은 모든 관찰자에게 동일하다'는 것이다. 아이러니하게도 상대성 이론은 절대성에 바탕을 두고 있다. 뉴턴의 고전역학에서는 시간과 공간을 절대적이라고 보았고, 모든 물리량도 관찰자와 관계없이 동일해야 한다고 주장한다. 반면 아인슈타인은 시간과 공간이 아니라 빛의 속력과 물리법칙이 절대적이어야 한다고 주장한다. 시간과 공간 대신에 이렇게 빛의 속력과 물리법칙을 절대적인 것으로 두게 되면 시간과 공간 그리고 물리량들이 상대적이어야 한다는 결론에 이르게 된다. 이것이 바로 상대성 이론의 핵심 결론이다.

그런데 상대성 이론을 제대로 이해하지도 못하면서 '상대성'이라는 말을 마구 사용하다 보니 '진리는 없다'라는 정말 어처구니없는 해석을 하게 되었다. 이것이 일반인에게는 물론 철학, 문학, 예술 등 다양한 분야에서 상대론에 대한 잘못된 인식이 널리 퍼진 계기다. 상대성 이론이 주장하는 바는 진리가 없다는 것이 아니고, 진리는 누가 보아도 언제나 진리라는 것이다. 진리는 절대적이지만 보이는 현상은 절대적이 아니라는 것이 상대성 이론의 핵심이다.

가만히 생각해보자. 만약 물리법칙이 관찰자에 따라서 달라진다면, 땅에 있는 사람이 경험하는 세상과 달리는 기차 안에 있는 사람이 경험하는 세상이 달라야 한다. 땅에서 자기 몸무게를 측정하면 60킬로그램인데 달리는 차 안에서 측정하면 65킬로그램이 된다고 하면 어떻게 되겠나? 그러면 땅에서 금金을 사서 기차 안에서 팔면 큰돈을 벌 수 있지 않을까? 그런 세상에서 누가 땀 흘려 돈을 벌려고 할까?

아무리 혁신적인 이론이라도 그런 이론은 틀린 이론이다. 상대성 이론은 그런 것이 아니다. 진리가 존재하는지 하지 않는지 알 수는 없는 일이지만 진리는 누가 보아도 진리여야 한다는 것이 상대론이다. 상대론이라고 이론이 갖추어야 할, 이 보편타당성에서 벗어날 수는 없는 일이다.

물리법칙이 모든 관찰자에게 동일해야 한다는 것은 이 세상이 변덕스럽지 않고 믿을 만하다는 것을 의미한다. 변덕스럽지 않기 때문에 자연을 이해할 수도 있고 과학이라는 학문도 가능하고, 미래를 예측하고, 계획도 할 수 있다.

사람들은 자기가 모르는 것에 대해서는 신비감을 느낀다. 그리고 그 신비감은 온갖 이상한 상상력을 만들어내게 된다. 상대성 이론도 마찬가지다. 상대성 이론을 일반인이 이해하기는 쉬운 일이 아니다. 상대성 이론의 결론이 우리의 상식과 매우 다르고, 그래서 일반인들의 호기심을 불러일으키는 것도 사실이다. 이러한 일반인들의 호기심과 잘못된 상상력이 서로 상승작용을 하여 상대성 이론에 대한 온갖 잘못된 인식이 퍼지게 되었다.

상대성 이론의 상대성이라는 말은 잘못된 말이다. 오히려 절대성 이론이라고 하는 것이 아인슈타인의 생각에 가깝다. 변하지 않는 무엇이 없다면 이 세상은 얼마나 허무할까? 불확실성과 가치 혼란의 시대에 변하지 않는 그 무엇이 있다는 상대성 이론은 우리에게 얼마나 위안이 되는가!

오해를 하세요

누구나 오해를 하지요

연인들도 오해를 하지요
서로 사랑하니까요

상대론을 사랑하세요?
그러면 오해를 해보세요

상대론이 이해가 안 된다고요?
그건 당신이 상대론을 오해해본 적이 없기 때문이에요

오해를 해보세요

그러면
상대론이 춤추기 시작합니다
우주라는 무대에서 말입니다

여기가 4차원이다

아마 당신에게 4차원에 대해서 말하려고 하면, “4차원? 아인슈타인의 상대성 이론에 나오는 그 4차원? 시간이 빠르게 가기도 하고, 느리게 가기도 하고, 공간이 휘어지는 그 4차원? 됐다, 그래! 너나 하세요!”라고 반응하지나 않을까? 미안하지만 나는 지금 바로 그 4차원에 대해서 말하고자 한다.

하지만 두려워하지는 말자. 우리는 대부분 4차원을 이상하게 생각하고 그래서 어렵게만 느낀다. 어쩐지 걸려들면 빠져나올 수 없을 것 같아 그 속으로 한 발자국도 들여놓기를 거부한다. 하지만 믿거나 말거나 당신은 이미 4차원에 발을 딛고 살아가고 있다. 4차원은 저기에 있는 것이 아니라 바로 여기에 있다. 4차원은 이상한 것도 아니고 이해하기 어려운 것도 아니다.

먼저 차원이 무엇인지 생각해보자. 일반적으로 선은 1차원, 면은 2차원, 부피는 3차원이라고 말한다. 왜 그렇게 말할까? 차원은 공간을 말하는 것이고 공간은 위치들로 구성되어 있다. 공간의 위치는 수치로 나타낸다. 위치를 말하기 위해서 숫자 한 개가 필요하면 1차원, 두 개가 필요하면 2차원, 세 개가 필요하면 3차원이다. 4차원이란 위치를 말하기 위해서 숫자 4개가 필요하다는 말이다.

승강기를 생각해보자. 승강기를 타고 15층에 가려면 숫자 몇 개를 눌러야 하는가? 당연히 한 개면 족하다. 한 개의 숫자 '15'로 내가 가고자 하는 위치가 분명하게 전달된다. 그래서 승강기는 1차원 장치다.

하지만 우리는 2차원 승강기를 만들 수도 있다. 위아래만 운행하는 승강기가 아니라 위아래 좌우를 자유자재로 이동하는 승강기를 생각해보자. 이 승강기에는 층과 열이 있게 된다. 그러면 내가 가고자 하는 위치를 분명하게 하기 위해서는 숫자 몇 개가 필요할까? 15층 한 개면 될까? 그러면 몇 열의 15층을 갈 것인지가 불분명해진다. 3열 그리고 15층이라고 해야만 목적지가 분명해진다. 그래서 이런 승강기는 2차원 장치이다.

3차원 승강기도 있을 수 있다. 이 경우에는 열에다가 행을 하나 더해야 할 것이다. 수학에서는 행(가로), 열(세로), 층(높이)을 x, y, z로 표시하고 이것을 3차원 좌표라고 한다. 우리가 사는 공간의 모든 점은 이 3가지 숫자를 사용하면 모두 나타낼 수 있다. 그래서 공간은 3차원이다.

이번에는 '사건'을 생각해보자. 사건을 다루는 사람은 과학자 말고 신문 기자도 있다. 기자가 어떤 사건을 보도할 때는 소위 육하원칙에 따라 보도해야 한다. 누가who, 언제when, 어디서where, 무엇을what, 어떻게how, 왜why가 그것이다. 하지만 과학에서 중요한 것은 '언제'와 '어디'뿐이다. '어디'라는 공간을 나타내기 위해서는 이미 설명한 것과 같이 숫자 3개가 필요하다. 그리고 시간을 나타내기 위해서는 숫자 1개면 족하다. 그래서 시간은 1차원이다. 3차원 공간과 1차원 시간으로 이루어진 사건은 시공간 4차원이다.

과학은 사건을 다루는 학문이다. 기자들도 사건을 다루지만 과학은 인간이 빠진 사건을 다룬다. 해가 지고 달이 뜨고, 별이 빛나고, 인공위성을 쏘아 올리는 이 모든 것들이 다 사건들이다. 과학은 누가 무엇을 어떻게 왜 했는지는 관심이 없다. 오로지 언제와 어디뿐이다. 그래서 과학자들은 이 세상을 4차원이라고 하는 것이다. 그런 면에서 기자들은 4차원을 넘어 누가, 무엇을, 어떻게, 왜를 포괄하는 8차원을 다루는 사람들이라고 해야 할지 모를 일이다.

3차원 공간에 1차원 시간을 합해서 시공간 4차원, 너무 싱거운가? 하지만 놀랍게도 아인슈타인 이전에는 누구도 시간과 공간을 동일한 차원으로 통합해 생각한 사람이 없었다.

시간과 공간을 동일하게 취급하고 사건을 분석했더니 그 놀라운 상대성 이론이 만들어진 것이다. 시간이 빨리도 가고 느리게도 가고, 물질이 에너지가 되고, 에너지가 물질이 되기도 하는 이상한 세계를 발견한 것이다.

그런데 시공간 4차원이 아니라 시간을 뺀 공간이 4차원이라면 문제는 달라진다. 4차원인 공간을 여러분이 상상하는 것은 불가능하다. 그것은 바닥만 있지 높이가 있다는 것을 모르고 표면에만 붙어사는 2차원 존재인 박테리아(사실은 박테리아조차도 엄밀하게 말해 2차원적 존재는 아니다)의 심정을 이해해야 한다. 박테리아에게 표면이 아닌 부피가 있는 공간을 이해시키는 것은 매우 어려울 것이다.

만약 4차원 공간이 있다면 3차원 벽을 아무리 튼튼하게 만들어도 남아 있는 한 차원을 통해서 빠져나갈 수 있다. 4차원 세계에서 3차원 감옥은 의미가 없다. 하지만 이 세상에는 절대 그런 4차원이 존재하지 않는다. 아주 미시세계에 들어가면 4차원이 아니라 10차원도 가능하다고 하지만 그것은 미시적 차원이고 우리가 살아가는 이 세상은 절대 그런 공간이 아니다.

우리가 사는 공간은 3차원 공간과 1차원 시간이고 이를 합쳐 4차원 시공간일 뿐이다. 그렇게 이상하고 먼 나라처럼 생각했던 4차원이 바로 지금 당신이 서 있는 공간이다. 진리는 먼 곳에 있는 것이 아니다. 바로 당신이 그 진리를 딛고 서 있다.

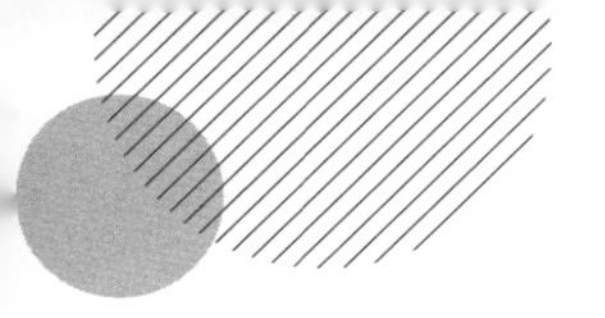

차원 늘리기

공간을 한 차원만 늘리면
감방의 죄수도 나올 수 있고

시간을 한 차원만 늘리면
투잡 같은 건 일도 아니고

생각을 한 차원만 늘리면
불행이 행복 되는 건 일도 아니련만

휘어진 공간

지구가 둥글다는 것은 삼척동자도 아는 사실이지만, 이 사실이 인류에게 진실로 받아들여지기까지 수십만 년이 걸렸다. 하지만 다시 생각해보면, 지구가 둥글다는 걸 아는 사람이 얼마나 될까?

개미의 관점에서 지구가 둥글다는 것을 알 수 있을까? 여기서 내가 말하는 개미는 지능 지수가 200 정도 되는 개미를 말한다. 이 개미는 머리가 좋아서 지구가 둥글다면 계속 직진했을 때 언젠가 제자리로 돌아오게 된다는 것도 알고 있을 것이다. 그래서 계속 직진을 한다고 하자. 개미가 1초에 1센티미터를 간다고 해도 둘레가 4만 킬로미터인 지구를 한 바퀴 돌려면 자그마치 100년이 더 걸린다. 하늘에 날아올라가 볼 수도 없고, 평생(개미의 수명이 얼마일까? 1년?) 가봐야 한 동네를 벗어날 수도 없는 개미가, 지구가 둥글다는 것을 아는 것은 거의 불가능에 가까운 일이다.

공간에는 1차원, 2차원, 3차원이 있다. 1차원 공간은 실과 같은 선이고, 2차원 공간은 가로와 세로가 있는 면이고, 3차원 공간은 가로 세로 높이가 있는 체적이다. 휘어지지 않은 1차원은 직선이고 휘어진 1차원은 곡선이다. 휘어지지 않은 2차원은 평면이고 휘어진 2차원은 울퉁불퉁한 곡면이다. 그런데 휘어지지 않은 3차원 공간과 휘어진 3차원 공간이란 무엇인가? 3차원은 모든 공간을 다 채우는데 다 찬 공간이 휘어지다니, 말이 되는가?

지구 표면은 휘어진 2차원이다. 지구 표면이 휘어졌다는 것은 인공위성으로 지구 사진을 찍어보면 분명해진다. 2차원(지면)은 3차원(지구)의 껍질이기 때문이다. 3차원에서 2차원을 보면 공간이 휘어져 있는지 평평한지 금방 알 수 있다. 3차원 공간은 4차원의 표면이기 때문에 4차원 사진을 찍어보면 평평한지 휘어져 있는지 금방 알 수 있을 것이다. 그런데 불행하게도 인간은 3차원만 인식할 수 있는 존재이다. 인간이 4차원을 인식하는 것은 불가능하다. 또한 4차원 사진은 찍을 수도 없다. 그런 카메라는 없다. 설사 있다고 해도 인간이 그 사진을 볼 수 있는 눈이 없다. 그래서 휘어진 3차원을 아는 것은 시각적으로는 불가능하고 오직 논리적으로만 가능하다.

휘어졌다는 것을 아는 방법은 무엇일까? 선이 휘어졌다는 것은 한 점에서 멀어질수록 출발점에서 점점 멀어지는가를 보는 것이다. 직선이라면 그렇다. 하지만 곡선이라면 어떤가? 원이라는 선을 생각해보자. 원은 출발점에서 멀어지면 계속 멀어지는 것이 아니라 마침내 제자리로 돌아오게 된다. 지구 표면 같은 곡면도 마찬가지다. 한 점에서 출발하여 계속 진행하면 제자리로 돌아오게 된다. 이렇게 제자리로 돌아오는 공간을 닫힌 공간이라고 한다. 그래서 지구 표면은 휘어져 있을 뿐만 아니라 닫힌 공간이다.

3차원 공간이 닫힌 상태로 휘어져 있다는 것도 한 방향으로 곧게 계속 간다면 제자리로 돌아온다는 말이다. 우주 공간을 계속 직선으로 가면 제자리로 돌아온다고? 3차원 공간이 휘어져 있다면 그렇다는 것이다. 말이 안 되는 것 같다. 하지만 아인슈타인은 우주는 둥글고 그래서 직선으로 계속 전진하면 언젠가 다시 돌아온다고 했다. 이것이 공간이 휘어져 있다는 의미다.

아인슈타인은 일반 상대성 이론에서 중력을 설명하면서 별 주위의 공간이 휘어져 있다고 했다. 별 주위의 공간이 휘어졌다니? 오해하지 마라. 3차원적으로 휘어진 것이 아니라 4차원에서 보면 휘어졌다는 말이다.

물체가 떨어지는 현상을 보고 뉴턴은 지구가 물체를 끌어당겼다고 한 데 반해 아인슈타인은 지구 주위의 공간이 구덩이 모양으로 움푹해서 아래로 떨어진다고 했다. 오해하지 마라. 움푹하다는 것이 3차원적으로 움푹하다는 게 아니라 4차원적으로 움푹하다는 말이다. 그게 어떻게 생겼는데? 안타깝게도 보여줄 수 없다.

뉴턴이나 아인슈타인 모두 물체가 왜 떨어지는지 잘 설명하지만, 빛에 대해서 두 이론은 우열이 갈린다. 뉴턴의 중력 이론에 따르면 빛은 질량이 없으므로 중력에 영향을 받지 않는다. 빛은 중력에 영향을 받지 않기 때문에 지구나 태양에 의해서 영향을 받지 않는다.

하지만 아인슈타인에 따르면 별 주위에 공간이 휘어져 있으므로 질량이 없는 빛이라도 휘어져야 한다. 아인슈타인의 이런 주장은 매우 놀라운 것이었으나 영국의 천문학자 에딩턴에 의해서 실제로 빛이 태양의 중력에 의해서 휘어진다는 것이 관측되었다. 공간이 휘어져 있다는 것이 증명되는 순간이었다. 이로써 아인슈타인의 일반 상대성 이론은 증명이 되었고, 아인슈타인은 일약 세계적으로 유명한 사람이 되었다.

휘어진 공간은 눈으로 볼 수 없다. 오직 마음으로만 볼 수 있다. '믿음은 바라는 것들의 실상이요, 보이지 않는 것들의 증거'라고 했던가? 우리가 사는 공간은 휘어져 있지만 그 휘어져 있음을 우리는 볼 수 없다. 논리적 결론이지만 실험으로 확인할 수 있는 결론이다. 진실은 겉으로 드러나 있지 않고 감추어져 있다.

휘어진다는 것

등산길 휘어진 소나무 한 그루

오르던 사람들
감탄하며 사진도 찍고
의자처럼 앉아서 쉬기도 하고

하지만 휘어지기까지
무슨 일이 있었는지
아무도 궁금해하지 않는다

휘어진 빛의 궤도
휘어진 지구
휘어진 공간
휘어진 우주

휘어진 우리네 인생

블랙홀은 아주 검지는 않다

"까마귀 검다 하고 백로야 웃지 마라. 겉이 검은들 속조차 검을쏘냐"라는 옛 시가 있다.

검다고 다 같이 검은 것은 아니다. 나는 옷감을 보면서 그렇게 다양한 검은색이 있다는 것을 처음 알았다. 까마귀도 자세히 보면 그 색이 다 다를 것이다. 얼마 전, 검은 벽돌로 된 담장을 수리한 일이 있었는데, 같은 검은색 벽돌을 구하는 데 애를 먹었다. 검다고 다 같이 검은 것은 아니라는 것을 실감했다.

검은색이 이렇게 다양한 것은 아무리 검다고 해도 빛이 어느 정도는 반사되기 때문이다. 검은 물체의 표면을 자세히 보면 빛이 반사되고 있다는 것을 알 수 있다. 옷감에 따라 이 반사되는 정도가 다르므로 세상에는 그렇게 다양한 검은색 옷

감이 있는 것이다.

우주의 흑점인 블랙홀도 검다. 블랙홀의 검은색은 어떻게 검다는 말인가? 블랙홀도 옷감처럼 다양한 검은색이 있을까? 블랙홀은 빛조차도 도망칠 수 없으므로 완전히 까맣게 보인다. 블랙홀은 이 세상 어떤 것보다 더 검다. 블랙홀보다 더 검은 것은 세상에 없다. 그러므로 모든 블랙홀의 검은색은 한 가지뿐일 것이다.

그런데 영국의 천재 물리학자 스티븐 호킹Stephen William Hawking은 블랙홀이 완전히 검은 것은 아니라고 주장해서 과학계에 일대 파란을 일으켰다.

검다는 것은 어떤 것을 말하는가? 물체가 빛을 받으면 일부는 흡수하고 일부는 반사한다. 여기 빨간 사과가 있다고 하자. 이 사과가 빨갛게 보이는 것은 빨간빛만 반사하고 다른 빛은 흡수하기 때문이다. 노란 것은 노란빛만 반사하고 다른 모든 빛을 흡수하기 때문이다. 하얀 탁구공은 모든 빛을 다 반사하기 때문에 하얗게 보인다. 반면 까마귀처럼 까만 표면은 모든 빛을 다 흡수한다.

물리학에서는 빛을 반사하지 않고 완전히 흡수하는 물체를 흑체black body라고 부른다. 가장 좋은 흑체는 텅 빈 공간이다. 텅 빈 공간은 아무것도 없으므로 빛을 반사할 수도 없다. 텅 빈 상자가 하나 있다고 하자. 그 상자에 작은 구멍을 뚫어 보자. 그러면 그 구멍으로 빛이 들어가게 되고 들어간 빛은 다시 나오지는 못한다. 그래서 이 구멍을 보면 까맣게 보인다. 이 구멍은 매우 좋은 흑체이다.

그런데 이 구멍이 언제나 까맣게만 보이는 것은 아니다. 모든 물체는 온도가 있다. 온도가 높으면 빛을 내게 되어 있다. 물체의 온도에 따라 내는 빛의 파장도 달라진다. 상자의 구멍도 처음에는 까맣게 보이지만 상자의 온도가 높아지면 밝게 보인다. 온도가 6,000도가 되면 태양과 같은 백색광을 내게 되어 있다. 모든 흑체는 상자를 만든 물질이 무엇이건 관계없이 온도가 같으면 같은 빛을 발산하게 되어 있다. 이처럼 빛을 내서 밝게 보이는 물체라고 할지라도 과학자들은 그것을 흑체라고 부른다. 태양은 아주 좋은 흑체다. 왜냐하면 태양에 빛을 보내면 빛을 완전히 흡수해 버리기 때문이다. 여러분의 얼굴을 태양에 비춰본다고 해서 태양이 거울처럼 여러분의 얼굴을 비춰 보여주지는 않는다. 밝게 빛나지만 들어가는 빛도 전부 흡수해 버리기 때문이다. 태양은 빛을 잘 내보내지만 흡수도 그만큼 잘한다. 어떤 면에서 태양은 희지만 검은 물체다. 그래서 태양을 흑체라고 하는 것이다.

이제 흑체에 관한 얘기는 이 정도로 하고 블랙홀에 관해서 얘기를 해보자. 블랙홀은 흑체일까? 블랙홀은 빛을 전혀 반사하지 않고 모두 흡수한다고 했으니 당연히 흑체일 것이다. 그런데 다른 흑체는 흡수할 뿐만 아니라 태양처럼 빛을 내기도 하는데, 블랙홀은 빛을 포함해 어떤 에너지도 흡수만 하지 내보내지는 않는다. 그러므로 블랙홀은 흑체일 수는 있어도 일반적인 흑체와는 다른 매우 특이한 흑체가 아닐 수 없다.

그런데 스티븐 호킹은 블랙홀도 온도가 있을 수 있다고 주장한 것이다. 온도가 있다면 전자파(빛)를 발산해야 한다. 그 원리를 여기서 설명하기는 곤란하지만, 블랙홀의 온도는 블랙홀의 질량에 반비례한다. 질량이 크면 클수록 온도는 더 낮다. 만약 태양의 5배 정도 되는 별이 붕괴해 블랙홀이 되었다고 할 때, 블랙홀의 온도는 10^{-8}K(켈빈)이다. 이것은 거의 절대온도 영도라고 해도 될 정도로 매우 낮은 온도이다. 이렇게 온도가 낮기 때문에 복사하는 에너지도 매우 작을 것이다. 하지만 중요한 것은 블랙홀의 온도가 영도가 아니라는 점이다. 영도가 아니라면 전자파를 내보낸다는 말이 된다. 이것은 기존에 생각하던 블랙홀의 개념을 완전히 바꾸어 버린 것이다.

이렇게 블랙홀이 전자파를 발산하는 현상을 '호킹 복사Hawking radiation'라고 부른다.

질량이 아주 큰 블랙홀은 호킹 복사가 약하지만, 질량이 자꾸 줄어들게 되면 호킹 복사도 점점 강해질 것이다. 만약 블랙홀이 바윗덩어리 정도의 크기가 되면 블랙홀의 온도는 엄청나게 높을 것이다. 그렇게 되면 호킹 복사는 엄청나게 강하게 일어나서 결국 증발해 버리고 만다.

지금까지 블랙홀은 우주의 에너지를 흡수만 하고 내놓지는 못하는 괴물 같은 존재로 생각했지만, 호킹 복사가 알려지면서 블랙홀도 영원한 존재는 아니라는 것을 알게 되었다. 인간만이 아니라 이 우주의 모든 존재는 생즉필멸生卽必滅이라는 우주적 섭리를 벗어날 수는 없다. 블랙홀조차도 이 우주적 필연에서 벗어날 수 없는 것이다.

블랙홀의 거웃

과학자들은 참 이해하기 힘든 사람들이다

뭐 할 짓이 없어서

블랙홀이 검은지 아닌지

블랙홀에 털이 있는지 없는지

그런 걸로 죽기 살기로 싸우는지

휠러: 블랙홀에 넣을 수는 있어도 뺄 수는 없다

아인슈타인: 블랙홀은 아주 까맣다

호킹: 블랙홀은 완전히 검은 것은 아니다

휠러: 블랙홀에는 거웃이 없다

비트겐슈타인: 블랙홀에는 거웃이 있다

스스킨드: 블랙홀에는 거웃이 있을 뿐만 아니라 따뜻하기까지 하다

이를 지켜본 뉴욕타임즈

“블랙홀은 우주에서 가장 음탕한 곳이다”

지평선

망망대해를 바라보면 수평선이 보인다. 수평선 그 너머에는 아무것도 보이지 않는다. 지평선도 마찬가지다. 광활한 평야에 있으면 지평선이 보이고 그 지평선 너머에는 아무것도 보이지 않는다. 그렇다고 수평선이나 지평선 너머에 아무것도 없는 것은 아니다. 보이는 것이 전부는 아니다. 보이는 세상보다 보이지 않는 세상이 더 넓다.

우주가 탄생하는 빅뱅이 일어나는 그 한복판에 누가 있었다면 아마도 칠흑 같은 어둠만 있었을 것이다. 빛이 없어서가 아니다. 초기 우주는 너무나 뜨거워서 모든 원자(그 당시는 거의 전부 수소)는 플라스마 상태로 존재한다. 빛이 있다고 해도 빛은 이 플라스마에 흡수되어 한 걸음도 나아가기 어려웠을 것이다. 이 초기 우주가 팽창하여 온도가 점차 내려갔다. 이제 전자가 원자핵에 포획되면서 원자가 만들어지고 비로소 빛이 원자들 사이의 공간을 달려갈 수 있게 되었다. 우주의 시야가 생긴 것이다. 하지만 그래도 우주가 팽창하면서 우주 초기의 그 플라스마 가장자리가 내는 복사파는 이제 막 지구에 도착하고 있다. 138억 년 전에 만들어진 복사파가 지금 지구에 도착하는 것이다. 이것이 소위 우주의 배경복사라는 것이고, 이 배경복사는 곧 빅뱅이 있었다는 증거가 되었다.

우주 배경복사 그 밖은 우리가 볼 수 없다. 우주의 끝이다. 그 밖에 무엇이 있는지 우리는 전혀 알 수 없다. 있다고 해도 그 빛이 지구에 오려면 우주의 나이(138억 년)보다 더 걸린다. 그러니 그 빛이 어떻게 지구에 도착할 수 있을 것인가? 빛이 도착하지 않는데 어떻게 볼 수 있을까? 빛이 우주에서 가장 빠른 것인데 다른 무엇이 빛을 제치고 우리에게 소식을 전할 수 있을까? 배경복사가 오는 점이 바로 우주의 지평선이다. 지평선 너머에 무엇이 있는지 알 수 없듯이 우주 지평선 너머에 무엇이 있는지 우리는 전혀 알 수가 없다. 시간이 지난다고 우주 지평선 너머를 볼 수 있는 것도 아니다. 우주의 지평선은 계속 팽창하고 있고, 그만큼 빛이 지구에 오는 데는 더 많은 시간이 걸린다. 그러니 우리는 영원히 우주의 지평선 너머를 볼 수 없다.

블랙홀에는 사건 지평선이라는 것이 있다. 블랙홀 근처는 공간이 심하게 휘어져서 빛조차도 그 공간을 벗어날 수 없다. 하지만 블랙홀에서 멀리 떨어진 공간은 그 휘어짐이 그렇게 심하지 않아서 빛이 자유롭게 탈출할 수 있다. 블랙홀에서부터 빛이 탈출할 수 없는 한계점을 사건 지평선이라고 한다.

우리가 블랙홀을 관찰한다는 것은 사실, 블랙홀을 관찰하는 것이 아니라 이 사건 지평선을 관찰하는 것이다. 사건 지평선 안쪽에서는 빛이 탈출할 수 없으니 우리가 사건 지평선 안쪽을 들여다보는 것은 불가능하다. 우주 공간의 입자들이 블랙홀의 강한 중력에 끌려 들어가다가 사건 지평선 근처에서 강한 복사파(X선)를 내놓는다. 우리는 그 복사파를 보면서 그 너머에 강한 중력장을 만드는 블랙홀이 있다는 것을 알게 된다.

생각해보자. 우리가 보는 우주의 배경복사는 138억 년 전의 전파다. 우리가 보는 우주의 가장자리는 지금의 가장자리가 아니라 138억 년 전의 가장자리다. 지금의 우주 가장자리는 우리가 알 수 없다. 우리가 보는 모든 것은 과거다.

참 이상하지 않은가? 우리가 우주의 '지금'을 보지 못하고 살아가고 있다는 것이. 하지만 세상만사가 다 그런 것이다. 현재는 눈 깜짝할 사이에 지나가고 우리가 보고, 듣고, 만지는 모든 것이 과거의 것들이다.

지평선, 자연과 우주에만 있는 것은 아니다. 사람에게도 지평선이라는 것이 있다. 친구를 사귀고 연애를 하지만 우리가 그 사람을 다 볼 수 있는 것은 아니다. 그 사람에게도 지평선이라는 것이 있어서 그 너머를 볼 수는 없다. 수평선 너머 바다를 볼 수 없고, 지평선 너머 땅을 볼 수 없고, 사건 지평선 너머 블랙홀을 볼 수 없고, 우주의 지평선 너머 우주를 볼 수 없듯이 한 사람의 지평선 너머 그 사람의 속을 들여다 볼 수는 없다.

모든 존재란 자기의 모든 것을 드러내지는 않는다. 그것이 그 존재를 더욱 존재스럽게 하는 것이다. 그 너머를 보려고 하지 말자. 궁금해도 참아야 한다. 참지 않아도 별 방법이 없다. 그러니 존재의 전부를 내 것으로 만들 생각을 말아야 한다.

지평선

바다에는 수평선

광야에는 지평선

블랙홀에는 사건 지평선

우주에는 우주 지평선

아들의 지평선

아비의 지평선

아내의 지평선

사랑에도 인생에도

지평선이 있다네

넘고 싶은 지평선

넘을 수 없는 지평선

넘볼 수도 없는 지평선

지평선이 있기에

신은 미묘하지만 사악하지는 않다.

-앨버트 아인슈타인

부록

미시세계, 작은 우주

거시세계, 큰 우주

세상을 설명하는 이론

미시세계, 작은 우주

예전에는 작은 세계를 탐구하는 물리학을 원자물리학이라고 했지만 원자보다 엄청나게 작은 세계를 탐구하게 된 이후로는 그런 물리학을 입자물리학이라고 부른다.

데모크리토스가 만물은 원자로 되어 있다고 했을 때 그 원자는 지금 우리가 말하는 수소나 산소 같은 원자를 말하는 것이 아니었다. 그보다 더 궁극적인 입자, 더 이상 나눌 수 없는 입자를 말한다. 어떤 면에서 데모크리토스가 말한 그 원자는 아직 찾지 못했는지도 모른다.

그런데 그 데모크리토스가 생각했던 원자 말고, 지금 우리가 말하는 원자는 얼마나 작은 것일까?

작은 숫자를 나타내기 위한 특별한 이름이 1,000단위마다 있다. 길이를 나타내는 단위로 과학에서는 미터m를 사용하듯이, 작은 크기를 나타내는 단위에는 특별한 이름들이 있다.

밀리milli	m	10^{-3}(0.001)
마이크로micro	μ	10^{-6}(0.000001)
나노nano	n	10^{-9}(0.000000001)
피코pico	p	10^{-12}(0.000000000001)
펨토femto	f	10^{-15}(0.000000000000001)
아토atto	a	10^{-18}(0.000000000000000001)
젭토zepto	z	10^{-21}(0.000000000000000000001)
욕토yocto	y	10^{-24}(0.000000000000000000000001)

그다음은 이름이 없다. 다만 플랑크 길이가 있는데 이것은 과학자들이 상상할 수 있는 최소다. 플랑크 길이는 10^{-35}미터를 말한다. 그보다 더 작은 숫자는 물리학에서는 존재하지 않는다.

동양에서는 큰 숫자에 대한 이름은 만, 억, 조, 경 등이 있지만 작은 숫자에 대해서는 서양의 마이크로, 나노, 피코 등에 해당하는 이름이 없다. 아마도 동양에서는 숫자를 개수 헤아리는 수단으로만 사용해서 하나 이하의 수에 대해서는 별로 관심이 없었던 것이 아닐까? 하나 이하에 대해서는 고작 반, 반의 반 정도가 있을 뿐이다. 이를 미루어보면 왜 자연과학이 서양에서 먼저 발달했는지 어느 정도 설명이 된다. 자연과학은 자연을 미시적으로 보는 것에서부터 출발하는 것인데 작은 세계에 대한 관심이 부족했기 때문에 자연을 세밀하게 관찰하는 것을 등한시하지 않았나 생각해본다.

그러면 작은 세계는 얼마나 작은지 살펴보자.

병원균이 되는 미생물은 보통 마이크로미터 수준이다. 이것은 보통의 광학현미경으로도 잘 볼 수 있다. 생물의 세포도 광학현미경으로 관찰할 수 있다. 하지만 나노미터 수준이 되면 일반 현미경으로는 볼 수 없고 전자현미경을 동원해야 한다. 나노미터 수준의 물체는 DNA를 포함한 분자와 원자들 수준이다. 소위 현대의 첨단 기술이라고 하는 나노 기술은 바로 원자나 분자 수준을 인위적으로 조작할 수 있는 수준을 의미한다. 원자핵의 크기는 펨토미터(10^{-15}미터) 수준이다. 원자핵을 이루고 있는 쿼크는 종류에 따라서 크기가 다른데 아토미터(10^{-18}미터)에서 젭토미터(10^{-21}미터) 수준이다. 뉴트리노는 욕토미터(10^{-24}미터) 수준이다. 물리학에서는 실험으로 측정하지는 못해도 이론적으로 이보다 더 짧은 길이도 다루는데 끈 이론에서 말하는 끈의 길이나 양자 거품의 크기는 플랑크 길이(10^{-35}미터) 정도로 추산하고 있다.

지금까지 짧은 길이에 대해서 설명했지만 도대체 그런 길이들이 얼마나 짧다는 것인지 감이 잘 잡히지 않을 것이다. 짧은 길이에 대한 감을 잡는 것은 원자나 양자를 다루는 미시세계를 이해하는 데 매우 중요한 의미를 갖는다.

이제 자연에 존재하는 작은 물체의 대표라고 할 수 있는 원자의 크기에 대해 생각해보자. 원자의 크기를 대략 나노미터 수준이라고 했다. 그렇다면 나노미터 크기인 원자는 정말로 얼마나 작다는 말일까?

나노미터는 10^{-9}미터 정도이다. 이것은 10^{-8}센티미터, 그리고 10^{-6}밀리미터에 해당한다. 물 한 방울을 생각해보자. 한 방울의 크기는 다양하겠지만 대략 지름이 1밀리미터인 물방울을 생각하자. 이 물방울 속에는 원자가 몇 개나 들어 있을까? 물을 이루는 수소와 산소의 원자는 대략 0.1나노미터 수준이다. 간단히 생각해 한 변이 1밀리미터인 정육면체라고 하면 한 변에 원자가 1,000만 개(10^{7}개) 들어갈 것이니 그 부피에는 1,000만 곱하기 1,000만 곱하기 1,000만, 즉 10^{21}개의 원자가 들어간다. 물 한 방울 속에 있는 원자 수만큼 돈을 10^{21}장 수직으로 쌓는다면 그 높이가 얼마나 될까? 돈 100장을 쌓았을 때 높이가 약 1센티미터 정도라고 가정하면, 높이는 10^{19}센티미터이자 10^{17}미터이고, 10^{14}킬로미터이다. 지구에서 달까지의 거리가 38만 킬로미터이고 태양까지의 거리가 1.5×10^{8}킬로미터이니 태양까지 거리의 100만 배나 된다. 작은 물 한 방울에 들어 있는 원자 수만큼 돈을 쌓으면 그 높이가 태양까지 10번도 아니고, 100번도 아니고, 1,000번도 아니고, 1만 번도 아니고, 100만 번을 가야 하는 거리라는 것이다. 그렇다면 원자란 도대체 얼마나 작다는 말인가?

여러분이 작다고 생각하는 그 원자보다 엄청나게 작은 것이 원자이다.

그런데 원자가 세상에서 가장 작은 것은 아니다. 앞에서 설명했지만 원자핵은 이보다 훨씬 작고, 쿼크는 더 작고, 양자는 이보다 더욱더 작다. 이런 작은 세계의 모습이 우리가 일상 생활하는 세상과 같다면 오히려 이상할 것이다. 그 세상이 우리가 사는 세상과 다를 것이라고 생각은 했지만 과학자들이 그 세상을 들어가 보니 이상해도 너무 이상한 세상이라는 것을 알게 되었다. 소위 그 세상은 불확정성원리가 지배하는 세상이어서 우리가 경험하는 일상적인 세상의 논리로는 도저히 이해할 수 없는 신기한 세상인 것이다.

그런 미시세계의 모습을 설명할 방법은 없다. 우리가 보는 모든 물체는 색깔이 있다. 그것이 빨갛건 하얗건 까맣건 간에 말이다. 하지만 원자나 전자, 쿼크의 색깔을 물으면 안 된다. 그것들은 색이라는 것이 없다. 없다니? 무슨 색이건 색이 없을 수야 없지 않느냐고? 아니다. 그 세상에서는 색이라는 개념 자체가 존재할 수 없다. 색뿐만이 아니다. 그 세상에는 따뜻하고 차가운 온도조차 존재하지 않는다. 매끈하거나 물렁물렁한 물체의 질감도 존재하지 않는다. 그러니 그 세상이 얼마나 신기한 세상일까?

모양도 색깔도 감촉도 없는 원자, 여러분은 그런 원자가 궁금하지 않은가? 한 번 만나보고 싶지 않은가? 만져보고 싶지 않은가? 과학자들은 이런 원자를 설레는 마음으로 찾아가고 있다.

하지만 누차 말한 것처럼 세상에서 원자가 가장 작은 존재는 아니다. 원자핵은 이보다 10만 배는 더 작다. 원자핵에 있는 양성자나 중성자는 이보다 더 작고, 이들을 이루고 있는 쿼크는 더 작다. 물리학자들은 작은 세계의 극한을 플랑크 길이로 본다. 플랑크 길이(10^{-35}미터)를 원자와 같이 확대해간다고 해보자. 그러면 원자가 이 우주만큼 크게 될 때, 플랑크 길이는 아마 당신 키 정도로 보일 것이다. 끈 이론에서 말하는 끈은 대체로 이 플랑크 길이 정도로 본다. 그렇다면 그 끈은 얼마나 짧은 끈이란 말인가? 아무리 상상력이 풍부해도 이 끈의 길이를 머리에 그려보는 것은 불가능한 일이다.

보이는 것은 보이지 않는 것들에서 온다. 보이는 것은 허상이요, 보이지 않는 것이 실상이다. 보이지 않는 원자, 하지만 모든 보이는 것을 가능케 하는 원자! 그 원자보다 어마어마하게 작은 세상, 그런 세상이 존재하고 있다. 과학자들이 무슨 재미로 침침한 실험실에 처박혀 있는지 이해가 가는가?

거시세계, 큰 우주

너무 작아서 볼 수 없는 세상도 있지만 너무 커서 볼 수 없는 세상도 있다. 너무 커서 보기 힘든 세상을 연구하는 학문이 천문학이다. 천문학은 천체들을 연구하는 학문이다. 옛사람들은 해와 달 그리고 밤하늘의 별들이 멀기는 하지만 지금 우리가 알고 있는 것처럼 그렇게 멀리 있는 줄은 몰랐다.

우주는 너무나 크다. 크기 때문에 우주를 말할 때는 어마어마하게 큰 숫자를 말해야 한다. 작은 세계를 말할 때 마이크로, 나노, 피코와 같은 이름을 사용했는데 큰 숫자를 말할 때도 각 숫자에 명칭이 있다. 큰 숫자를 말하는 명칭을 살펴보자.

동양에서는 숫자를 1만(10,000) 단위로 끊어서 읽는다. 첫 4자리 숫자는 만, 8자리 숫자는 억, 12자리 숫자는 조, 16자리 숫자는 경 등으로 읽는다. 하지만 서양에서는 3자리로 끊어서 읽는다. 그래서 thousand, million, billion, trillion 등으로 읽는다. 우리의 1억을 서양에서는 100million으로 읽는다. 서양식 숫자 읽기가 우리에게는 불편하다. 하지만 어쩌랴. 서양의 과학이 동양의 과학을 앞질렀고, 그래서 우리는 서양의 과학을 배우지 않을 수 없다. 그러니 불편하더라도 서양의 숫자 읽는 법을 따를 수밖에 없다.

서양의 숫자 읽는 법을 알아보자.

킬로kilo(thousand)	k	10^3(1,000)
메가mega(million)	M	10^6(1,000,000)
기가giga(billion)	G	10^9(1,000,000,000)
테라tera(trillion)	T	10^{12}(1,000,000,000,000)
페타peta(quadrillion)	P	10^{15}(1,000,000,000,000,000)
엑사exa(quintillion)	E	10^{18}(1,000,000,000,000,000,000)
제타zetta(sextillion)	Z	10^{21}(1,000,000,000,000,000,000,000)
요타yotta(septillion)	Y	10^{24}(1,000,000,000,000,000,000,000,000)

이 이후에도 계속되지만 그 이상에 대해서 이름을 붙이는 것은 큰 의미가 없다. 일반적으로 테라tera를 넘어가면 명칭을 붙이는 것보다는 10의 몇 승과 같이 지수를 사용하는 것이 보

통이다.

사람들이 경험할 수 있는 최대 크기는 아마도 지구일 것이다. 지구는 그 둘레가 약 4만 킬로미터(40메가미터)이다. 이보다 더 큰 길이를 지구에서 찾을 수는 없다. 지구를 벗어나면 가장 가까운 천체가 달이다. 달까지는 38만 킬로미터(380메가미터)이다. 달을 벗어나면 이제부터는 지구를 중심으로 생각하는 것보다 태양을 중심으로 생각하는 것이 더 편리하다. 지구에서 태양까지는 1억 5,000만 킬로미터(150기가미터)이다. 태양계의 가장 바깥이라고 하는 오르트Oort 벨트까지는 15페타미터(10^{15}미터)이다. 이런 먼 거리는 미터나 킬로미터보다는 광년을 사용하는 것이 더 편리하다. 1광년은 빛이 1년 동안 가는 거리인데 약 9.5페타미터(9.5×10^{15}미터)이다. 태양계의 크기는 대략 1.6광년으로 볼 수 있다. 태양계를 벗어나면 다시 망망허공이 펼쳐진다. 그 광대한 허공을 지나서 가장 가까이에 있는 별인 프록시마 센타우리까지는 약 4.2광년이 걸린다.

4.2광년, 빛으로 4년을 가야 하는 거리는 정말 어마어마한 거리다. 하지만 우주에서 이 정도 거리는 지척이나 마찬가지다. 우주는 별들로 이루어져 있으며 별들이 공간에 그냥 일정

하게 퍼져 있는 것이 아니라 무리지어져 있다. 이런 별들의 무리를 은하라고 한다. 은하는 평균적으로 대략 1,000억 개 정도의 별들로 이루어져 있다. 우리의 태양이 속해 있는 은하를 은하수 은하라고 하는데 은하수 은하의 지름은 약 10만 광년이다. 우리 은하의 이웃에 있는 안드로메다 성운이라고도 하는 은하는 250만 광년 떨어져 있다. 은하들은 다시 무리를 이루고 있는데 이 은하의 무리를 은하단clusters이라고 한다. 한 은하단에는 대략 50에서 1,000개의 은하가 무리 짓고 있다. 은하단은 다시 더 큰 무리인 슈퍼 은하단을 이루고 있다. 슬로안 장벽Sloan Great Wall이라 불리는 슈퍼 은하단은 길이가 5억 광년, 폭이 2억 광년, 두께가 1,500만 광년이나 된다고 한다. 이런 초은하단이 얼마나 있는지조차 알기 어려우니 도대체 이 우주란 얼마나 크다는 말인가? 우주의 크기를 알지는 못하지만 대략 930억 광년 정도로 추산하고 있다.

930억 광년, 말이 930억 광년이지 1광년도 가늠하기 어려운데 100억 광년이 넘는 크기를 우리가 어떻게 머리에 그려볼 수 있겠는가? 그것을 그릴 수 있는 머리를 가진 사람이 있다면 그는 사람이 아니라 신일 것이다.

우주의 크기는 그렇다 하고, 우주에는 얼마나 많은 별들이 있을까? 앞에서 말했듯이 한 은하에는 대략 별이 1,000억 개가 있고, 이런 은하들이 얼마나 있는지 알 수 없다. 하지만 물리학적으로 추산한 우주의 전체 질량(10^{53}킬로그램)과 별들의 평균 질량(10^{30}킬로그램)으로부터 우주에 있는 별은 대략 10^{23}개 정도로 추산할 수 있다. 공교롭게도 이 숫자는 아보가드로수(6×10^{23})와 비슷하다. 공기 1몰에 있는 분자의 수가 아보가드로수인데 우주에 있는 별의 수가 아보가드로수와 같다니! 아보가드로수는 과학에서 특별한 의미를 갖는다. 원자들이 아보가드로수만큼 모이면 우리가 일상 만지고 다룰 수 있는 크기가 된다. 따라서 아보가드로수는 미시세계와 거시세계를 연결하는 마법의 수이다. 또한 아보가드로수가 엄청나게 크기 때문에 미시세계나 많은 수의 분자로 이루어져 있는 기체에 대해서 연구할 때 통계역학적인 방법을 사용하는 것이 가능해진다. 그렇다면 우주의 별들도 아보가드로수만큼 있으니 별들의 통계역학이 가능할지도 모른다. 기체의 통계역학이 있는데 앞으로 '우주 통계역학'이 나오지 말라는 법이 있을까? 기체의 통계역학을 사용해 열역학의 문제를 해결했듯이 우주 통계역학을 통해서 우주의 미해결 문제를 해결할 수 있을지 기대된다.

미시세계를 탐구하면서 미시세계는 우리가 상상하는 것보

다 엄청나게 작은 세계라는 것을 알았다. 그런데 거시세계 또한 우리가 크다고 생각하는 그 크기보다 어마어마하게 크다. 도대체 우주란 얼마나 크고 또 얼마나 작은가? 그렇게 작은 것에서 그렇게 큰 것으로 만들어진 우주는 무엇이란 말인가?

미시세계의 모습이 우리가 일상 경험하는 세상과 다르듯이 거시세계 또한 우리의 상식으로는 설명할 수 없는 세상이다. 블랙홀, 암흑물질, 암흑에너지, 우리의 상식과 경험으로는 이해할 수 없는 현상들이 이 우주에 넘쳐나고 있다.

세상을 설명하는 이론

미시세계와 거시세계로 이루어진 물질 세계를 설명하는 이론이 바로 물리학이다. 이렇게 말하면 화학이나 천문학은 무엇이냐고 반문할지도 모르지만 화학도 원자나 분자와 같은 물질을 다루는 학문이기 때문에 본질적으로 물리학이다. 천체들도 물질로 이루어져 있기 때문에 천문학도 본질적으로 물리학이다. 그러면 생물학도 물리학이냐, 라고 물을 수 있지만 생물도 물질로 이루진 존재이기 때문에 본질적으로 물리학이다. 물질을 다루는 물리학은 본질적으로 양자론과 일반상대론이다. 모든 자연과학은 여기에 뿌리를 두고 있다.

다만 생물학의 진화론만은 양자론이나 상대론과는 전혀 다른 자연과학이라고 할 수 있다. 이렇게 보면 자연과학은 본질적으로 양자론, 상대론, 진화론이라고 할 수 있다. 물론 이들

이론도 궁극적으로는 하나로 통합되어야 할 것이다.

양자론

양자론과 상대론이 나오기 전의 물리학을 고전물리학이라고 부른다. 고전물리학은 우리 인간이 살고 경험하는 현상을 매우 잘 설명하는 물리학이다. 고전물리학이 가지고 있는 기본 전제는 시간과 공간이 절대적이며, 우주의 모든 현상은 완전하게 예측 가능하다는 것이다. 고전물리학의 중심에 뉴턴의 이론이 자리 잡고 있다. 과학자들은 뉴턴의 이론이 우주의 물질세계를 설명하는 궁극적인 이론이라고 믿었다.

하지만 물리학의 연구가 심화되면서 고전물리학이 원자나 원자를 이루고 있는 소립자들의 세계를 설명할 수 없다는 사실을 알게 되었다. 그래서 미시세계를 설명하기 위해 만들어 낸 물리학이 양자론이다. 양자론은 고전물리학이 가지고 있던 결정론적 우주관의 완전한 폐기를 요구하고 있다. 양자론의 가장 핵심이 되는 불확정성원리는 모든 물리량은 정확하게 결정되어 있지 않다는 것이다. 한 입자가 있다고 하면 이 입자의 위치, 운동량, 에너지 등이 본질적으로 모호하게 되어 있다는 것이다. 모든 것이 모호하기 때문에 어떤 일이 일어날 것인지 정확하게 예측하는 것이 불가능하다. 이 불가능은 인간이 자연을 관찰하는 기술이 부족해서가 아니라 자연의 본질이다. 따라서 아무리 과학이 발달해도, 아무리 대단한 천재가 나타나도 그리고 비록 신일지라도 물질세계의 운행을 오차 없이 정확하게 알아낼 수는 없다.

불확정성 원리는 과학자들에게는 충격이었지만, 지금은 그것을 의심하는 과학자는 거의 없다. 사실, 양자역학은 불확정성원리보다 상태의 중첩이나 양자얽힘 같이 우리의 상식으로 이해하기 어려운 면이 많다. 하지만 모든 실험적 증거들이 '양자역학이 옳다'는 것을 보여주고 있으므로 과학자들은 양자역학에 대한 믿음을 가지고 있다. 다만, 물질의 근본을 이해하기 위한 노력에서 완전히 통일된 이론이 아직 만들어지지 않았다. 그렇기 때문에 앞으로 양자론이 극복해야 할 과제라고 할 수 있다. 최근에 등장한 끈 이론이 그런 가능성을 보여주고 있기는 하지만, 실증적으로 증명되지 않았다. 하지만 언젠가는 밝혀지게 될 것이다.

상대론

양자론이 고전물리학이 가정하고 있는 예측 가능성이라는 믿음을 포기하게 만들었다면 상대론은 고전물리학이 가지고 있던 시공간의 절대성이라는 믿음을 포기하게 만들었다. 자연이란 시간과 공간이라는 운동장에서 뛰어노는 물질들로 이루어져 있다고 생각했다. 물질들은 근본적으로 데모크리토스가 말했던 바로 그 원자로 이루어져 있고, 원자들은 아주 분명하고 명확한 존재이다. 그리고 시간과 공간이라는 운동장은 바꿀 수도 옮길 수도 변화시킬 수도 없는 절대적인 것이었다.

시간은 흘러가는 것이고 공간은 움직이지 않는 것이다. 시간의 흐름을 멈추게 하거나 더 빠르게 또는 더 느리게 흐르도록 하는 것은 절대적으로 불가능하다고 믿었다. 공간 또한 무엇으로도 옮기거나 잡아 늘이거나 움츠러들게 하는 것은 불가능하다고 믿었다. 그리고 시간과 공간은 서로 절대 간섭하지 않는 별개의 존재라고 믿었다. 하지만 아인슈타인이 이 시간과 공간에 대한 생각을 근본적으로 흔들어 버렸다.

시간과 공간은 관측자에 따라서 얼마든지 달라질 수 있다. 그리고 한 걸음 더 나아가서 시간과 공간은 독립적이 아니라 상호 연관되어 있다. 아인슈타인은 양자역학의 불확정성원리와 더불어 고전물리학에 치명타를 안겨주었다. 더 나아가 물질과 에너지가 같은 것이라는 그 유명한 $E=mc^2$이라는 공식은 이 세상을 완전히 바꾸어놓았다.

그리고 일반상대론에서는 중력에 대해서 뉴턴과 전혀 다른 관점을 제시했다. 중력과 시공간의 문제를 다룬 일반상대론은 거시세계를 설명하는 초석이 되었다. 양자론이 미시세계를 설명하는 물리학이라면 일반상대론은 거시세계를 설명하는 물리학이다.

그런데 과학자들은 미시세계이건 거시세계이건 모두 물질세계이기 때문에 두 세계를 설명하는 물리학은 하나여야 한다는 믿음을 가지고 있다. 그래서 물리학자들은 양자론과 일반상대론을 통합하는 것을 오래된 과제로 여겼다. 하지만 아직 두 이론을 통합하는 이론은 완성되지 않았다.

블랙홀이나 빅뱅 초기 우주는 매우 작지만 엄청난 질량(에너지)을 가지고 있기 때문에 양자론과 상대론이 모두 적용되어야 하는 영역이다. 앞으로 블랙홀이나 빅뱅(우주론)에 관한 연구를 통해서 양자론과 상대론의 대통일이 이루어질지도 모른다. 그렇게 되면 정말 '만물의 이론theory of everything(TOE)'이 탄생할지도 모를 일이다.

진화론

물질세계를 다루는 학문은 양자론과 일반상대론이다. 양자론은 미시세계를 다루고 일반상대론은 거시세계를 다루는 이론이다. 이 둘은 저마다의 관할 영역을 매우 성공적으로 설명하고 있다. 비록 양자론과 상대론을 만족스럽게 통합하지는 못했다고 해도 이 우주를 설명하는 데 큰 문제가 없다.

양자론이 설명하는 미시세계와 상대론이 설명하는 거시세계를 합하면 모든 세계다. 미시세계도 아니고 거시세계도 아닌 세계가 없다면 양자론과 상대론으로 모든 문제가 해결된 것이나 마찬가지다.

하지만 생명의 진화현상을 설명하는 진화론은 양자론이나 상대론과는 전혀 다른 특별한 이론이다. 진화론은 한 생명체가 어떻게 자연에 적응하면서 진화해가느냐를 설명하는 이론이다. 하지만 진화론은 지구의 생명체를 설명하는 이론으로 그치는 것은 아니다. 모든 과학 이론은 범우주적이어야 한다. 진화론도 지구 생명체의 진화만 설명한다면 그것을 진정한 자연과학이라고 할 수는 없다. 다윈의 진화론은 지구 생명체뿐만 아니라 이 우주 어디에, 아무리 이상한 생명체가 있다고 하더라도 진화론이 적용된다는 것이다. 물론 지금 우리가 배우는 진화론이 좀 수정되어야 할지는 모르지만 진화론이라는 근본정신은 변할 수 없는 것이다.

다윈의 진화론을 좀 더 확장하면 진화론이 생명체에만 국한된 이론이라고 한정할 수는 없다. 진화에는 진화를 주도하는 자연과 진화의 대상이 되는 생명체가 있다. 생명체는 자연에 의해서 선택받으며, 선택받은 생명체만 살아남고 나머지는 도태된다. 다윈의 진화론은 선택의 주체가 자연이고, 그 대상이 생명체다.

하지만 그 주체와 대상을 자연과 생명체로 한정할 필요가 있을까? 가축이나 곡식은 자연선택이 아니라 인간의 선택에 의해서 진화해왔다고 볼 수 있다. 이렇게 되면 선택의 주체가 자연이 아닌 인간이 되는 것이다. 물론 인간도 자연의 일부라고 보면 선택의 주체는 여전히 자연일 수는 있으나 앞으로 선택의 주체가 인간이 아니라 인공지능, 나아가 우리가 생각하지도 못한 그 무엇이 될 수도 있지 않을까? 더 나아가 선택의 대상을 생명체에 국한해야 할까? 예를 들어 의복이 선택의 대상이 될 수는 없을까? 이렇게 되면 의복의 진화는 불가능할까? 또 우리 사회에서 선택의 주체가 국회의원이 될 수도 있을 것이다. 그렇게 되면 국회의원의 선택 주체는 바로 유권자가 된다. 점차 유권자의 선택에 유리한 사람만 국회의원이 될 것이고, 이 과정이 오래 지속된다면 국회의원도 진화를 하게 될 것이다. 유권자와 국회의원 사이의 진화, 그것이 불가능할 것도 없을 것이다.

더 나아가 진화의 대상이 물질일 수는 없을까? 초창기 소립자들만 있던 세상에서 원자가 출현하고 다시 분자가 출현했다. 분자들이 모여 고분자가 만들어지고, 이어서 아미노산,

단백질 같은 유기물질이 만들어지고 이어서 생명체가 만들어졌다. 이 과정을 물질의 진화 과정으로 생각할 수는 없을까? 무엇의 진화이건 선택이라는 과정이 개입하고 있다. 이렇게 보면 진화론은 양자론이나 상대론과는 다른, 자연의 변화를 설명하는 아주 본질적인 이론일 수도 있는 것이다.

진화론은 양자론과도 전혀 다르고, 상대론과도 전혀 다른 이론이다. 하지만 물질인 생명체를 설명하는 이론이다. 더 나아가 생명체뿐만 아니라 의복이나 국회의원과 같이 진화의 대상을 넓힌다면 진화론의 위력은 대단할 것이다. 그래서 진화론을 양자론이나 상대론과는 다른, 그리고 이들과 동등한 반열에 올려야 하는 것이다. 어떤 면에서는 진화론이 양자론이나 상대론보다 더 본질적인 과학 이론일지도 모른다. 왜냐하면 우주의 다양한 물질이 존재하게 된 것이 바로 물질의 진화 과정이었을지도 모르기 때문이다.

물론 현대과학이 양자론, 상대론, 진화론만으로 이루어져 있다고 하는 것은 좀 위험한 생각이다. 다른 영역이 있을 수 있기 때문이다. 앞으로 큰 문제로 부각될 인공지능은 물질세계의 새로운 영역으로 자리 잡을지 모른다. 이런 경우에는 또 다른 이론이 생길지도 모를 일이다. 현재 부각되고 있는 복잡성 이론이 새로운 영역으로 자리 잡을지도 모르고, 정보이론이 양자론을 흡수해 버릴지도 모르고, 다중우주의 존재가 밝혀질지도 모른다.

자연과학은 자연을 탐구하는 학문이다. 자연과학의 옳고 그름을 인간이 아니라 자연이 판단한다. 아무리 좋은 이론이라도 자연을 설명하지 못하면 버려야 하고, 아무리 마음에 들지 않아도 자연을 잘 설명하면 받아들여야 한다. 이런 원칙에 의해서 이론이 수정되고, 새로운 이론이 나타나기도 하고, 있는 이론이 폐기되기도 한다.

자연과학은 그렇게 대단하지도 않은 인간이 만들어가지만 자연이라는 절대적인 심판자가 있기 때문에 인간의 한계를 넘어서서 계속적으로 발전해갈 수 있는 것이다.

자연과학의 발전 방향이 어떠할는지는 아무도 모른다. 지금 있는 다양한 이론들이 통합되어 하나로 발전해갈 것인지(아마 대부분의 물리학자들은 그렇게 생각할지 모른다), 아니면 더 다양한 이론들이 난무하게 될 것인지 아무도 모른다. 내 생각에는 아주 장기적으로 보면 그리고 궁극의 이론이 존재하는 것이 아니라면, 다양한 이론과 통일된 이론이 주기적으로 반복 출현하는 과정을 거치지 않을까 생각한다.

감사의 말

모든 창조물은 다른 창조물을 디딤돌 삼아 만들어진 것이다. 이 책도 마찬가지다. 이 책에 나오는 내용과 아이디어들은 내가 읽은 많은 책에서 얻은 것이다. 몇 가지만 소개한다면, 레너드 서스킨드의 『블랙홀 전쟁』, 제프리 베넷의 『우리는 모두 외계인이다』, 브라이언 그린의 『우주의 구조』, 맥스 테그마크의 『유니버스』, 칼 세이건의 『창백한 푸른 점』, 로저 펜로즈의 『황제의 새 마음』과 『우주 양자 마음』, 리처드 도킨스의 『이기적 유전자』, 김상욱 교수의 『떨림과 울림』, 김항배 교수의 『우주, 시공간과 물질』 등이다. 이런 책들이 내 글의 자양분이었다. 저자들에게 깊은 존경과 감사의 마음을 드린다.

이 글의 뿌리는 지난 몇 년간 『충청타임즈』에 연재한 칼럼이다. 칼럼을 실을 수 있도록 배려해주신 연지민 기자님께 감사를 드린다. 그리고 이 책을 출판하도록 도와주신 김선영 작가님과 특별한서재 사태희 대표님, 그리고 최민혜 편집자와 관계자 여러분께 감사드린다.

마지막으로 사랑하는 아내, 더 사랑하는 손자 이재와 헨리에게 이 책을 바친다.

2020년 9월

臺下 권재술

우주를 만지다

초판 1쇄 발행일 | 2020년 9월 29일
초판 6쇄 발행일 | 2022년 4월 15일

지은이 | 권재술
펴낸이 | 사태희
편　집 | 최민혜
디자인 | 권수정
마케팅 | 장민영
제작인 | 이승욱 이대성

펴낸곳 | (주)특별한서재
출판등록 | 제2018-000085호
주　소 | 04037 서울시 마포구 양화로 59, 703호 (서교동, 화승리버스텔)
전　화 | 02-3273-7878
팩　스 | 0505-832-0042
e-mail | specialbooks@naver.com
ISBN | 979-11-88912-87-2 (03810)